Tijuana mon amour

Du même auteur
dans la collection Rivages / Thriller

Le Dahlia noir
Clandestin
Le Grand Nulle Part
Un tueur sur la route
L. A. Confidential
White Jazz
Dick Contino's Blues
American Tabloid
Crimes en série

dans la collection Rivages / noir

Lune sanglante (n° 27)
À cause de la nuit (n° 31)
La Colline aux suicidés (n° 40)
Brown's Requiem (n° 54)
Clandestin (n° 97)
Le Dahlia noir (n° 100)
Un tueur sur la route (n° 109)
Le Grand Nulle Part (n° 112)
L. A. Confidential (n° 120)
White Jazz (n° 141)
Dick Contino's Blues (n° 212)
American Tabloid (n° 282)
Ma part d'ombre (n° 319)

Hors collection

La Trilogie Lloyd Hopkins
Trilogie noire
Le Quatuor de Los Angeles

James Ellroy

Tijuana mon amour

Traduit de l'américain par
Jean-Paul Gratias

Collection dirigée par
François Guérif

Rivages/noir

Titre original : *Tijuana mon amour*
Première publication : *in GQ*, février, mars 1999

106, bd Saint-Germain – 75006 Paris

ISBN : 2-7436-0606-1
ISSN : 0764-7786

Los Angeles Herald-Express, 3 juin 1955 :

LES ASSASSINS DE MABEL MONAHAN
EXÉCUTÉS À SAN QUENTIN

Ce matin à 10 heures, Barbara Graham, John « Jack » Santo et Emmett Perkins, condamnés pour le meurtre de Mabel Monahan, une veuve de Burbank, ont subi la peine capitale dans la chambre à gaz de la prison d'État de San Quentin.

Ces exécutions ont mis un point final à une série effrénée de demandes de grâce et d'appels téléphoniques adressés au gouverneur Goodwin J. Knight. Le gouverneur Knight, rejetant les demandes de grâce de dernière minute, a envoyé à la chambre à gaz les trois individus condamnés pour un assassinat commis en 1953. Santo, hurlant et sanglotant, a dû être traîné jusqu'au lieu d'exécution. Stoïques, Perkins et Barbara Graham ont accepté leur châtiment sans opposer de résistance. Mlle Graham a clamé son innocence quelques instants avant de mourir. J. Miller Leavy, le procureur adjoint du comté de Los Angeles qui a instruit l'affaire avec brio, a qualifié ses déclarations de « … balivernes. Barbara Graham était aussi coupable que ses comparses, et ce n'est que justice qu'elle ait été punie pour ses regrettables errements ».

Le soir du 9 mars 1953, Santo, Perkins, Barbara Graham et deux hommes répondant aux noms de John True et de Baxter Shorter s'introduisaient par effraction dans la demeure de Mabel Monahan, persuadés que cette personne conservait chez elle une somme de 100 000 dollars appartenant à l'un de ses neveux, joueur de son état. Sous le regard horrifié de True et de Shorter, Perkins, Santo et Barbara Graham frappèrent Mme Monahan à coups de pistolet dans l'espoir de lui faire avouer où se trouvait l'argent. Mme Monahan leur affirma qu'aucune somme n'était cachée chez elle, ce qui se révéla être la stricte vérité. Fous de rage, Perkins, Santo et Barbara Graham continuèrent de la rouer de coups, jusqu'à ce que Mme Monahan succombe à ses blessures.

John True se constitua prisonnier et accepta de témoigner contre ses complices. Baxter Shorter disparut avant que

Santo, Perkins et Barbara Graham ne soient appréhendés. On suppose que Santo et Perkins l'ont tué pour s'assurer de son silence.

Santo et Perkins étaient soupçonnés d'avoir commis plusieurs autres cambriolages assortis de meurtres depuis 1951. Barbara Graham, ancienne prostituée, était toxicomane. Son physique flatteur et ses protestations d'innocence répétées lui avaient valu les sympathies d'une partie du public, et celles d'une petite frange de la presse. Avant le procès de Barbara Graham, de Santo et de Perkins, avaient circulé les rumeurs d'un « coup monté » par la police et le procureur afin d'extorquer les aveux de Mlle Graham. En tant que procureur adjoint, Leavy a qualifié ces rumeurs de « … balivernes. Tous les efforts entrepris par le bureau du procureur et les polices de Los Angeles et Beverly Hills pour convaincre Mlle Graham de revenir sur ses absurdes allégations d'innocence ont été menés de façon régulière et conformément à la loi ».

Les corps des trois criminels exécutés vont être envoyés vers une destination inconnue pour inhumation.

Los Angeles Mirror, 17 décembre 1955 :

L'ENQUÊTE EN COURS SUR LES POTS-DE-VIN S'ACHEMINE-T-ELLE VERS UNE INCULPATION ?

Des indiscrétions — en provenance du bureau du procureur de Los Angeles — ont permis à nos journalistes d'apprendre que les polices de Beverly Hills et de Los Angeles enquêtent sur les pots-de-vin versés aux animateurs de radio : cette forme de corruption consiste à soudoyer lesdits animateurs, ou « disc-jockeys », pour qu'ils accordent à certains enregistrements un temps d'antenne privilégié dans leurs émissions.

Il semblerait que l'enquête vise plus particulièrement l'animateur Flash Flood, de la station KMPC, et sa programmation du dernier 45 tours de Linda Lansing, *Baby, It's Cold Inside*. Flood (de son vrai nom Arthur John Beauchamp) fait passer cette nouvelle chanson à l'antenne au moins seize fois par jour depuis que le disque est sorti, le 11 octobre. Quand le journaliste du *Mirror* lui a demandé une explication, Flood lui a répondu :

« Qu'est-ce que je peux dire ? J'aime cette chanson, j'aime Linda Lansing, et personne ne m'a payé pour aimer l'une ou l'autre. Et je suis content que cette histoire me fasse autant de publicité, parce que mes indices d'écoute grimpent en flèche. Mais ce qui ne me plaît pas, c'est la façon dont les flics me bousculent, même si ça me fait plaisir de voir qu'il y a autant de gens célèbres qui sont mouillés dans cette histoire. »

Linda Lansing (autrefois nommée Hilda Claire Wassmansdorff) est la jeune sœur et le sosie de l'actrice Joi Lansing (alias Joyce Wassmansdorff), l'une des vedettes des films *The French Line* et *Son of Sinbad*. La chanson *Baby, It's Cold Inside*, le premier enregistrement de Linda Lansing, a été écrite pour elle par Sammy Cahn, auteur-compositeur réputé. Mlle Lansing s'est surtout fait connaître comme mannequin, en participant aux défilés de mode et à la promotion des fourrures Sobel de Beverly Hills, et s'est forgé une « image de marque » en assurant les interludes publicitaires de la Chaîne 13, vêtue d'un manteau de fourrure, pendant l'émission hebdomadaire au cours de laquelle Tom Duggan reçoit de nombreux invités. Plus récemment, elle a fait une apparition en tant que chanteuse au Club Igloo de Long Beach et dans les salons du Trianon de South Gate, mais ses deux prestations ont été jugées décevantes. Flash Flood a déclaré au *Mirror :* « J'ai aimé le tour de chant de Linda, aussi bien au Trianon qu'à l'Igloo. J'aime la façon dont elle défend ses chansons, et ça me plaît qu'elle se fasse remarquer en portant des manteaux courts en fourrure et rien d'autre. Franchement, Linda est la chanteuse que je préfère, mais ça ne veut pas dire que j'aie accepté des dessous-de-table pour passer son disque. »

Cependant, le bureau du procureur de Los Angeles est convaincu que Flood s'est fait payer pour lancer *Baby, It's Cold Inside*. Le procureur adjoint J. Miller Leavy a confié au *Mirror :* « Nous pensons être en présence d'une affaire de pots-de-vin, purement et simplement, et à notre demande, plusieurs unités de police font des recherches à ce sujet. » Le sergent Robert Duhamel, de la police de Beverly Hills, a confirmé la déclaration du procureur adjoint Leavy.

« Il n'y a pas de fumée sans feu, a dit Duhamel au *Mirror*, et notre enquête a fait apparaître les noms de quelques personnalités de premier plan. »

Duhamel n'a pas voulu préciser de quelles personnalités de premier plan il s'agissait. Le *Mirror* s'est donc adressé à Danny Getchell, rédacteur en chef et principal échotier du célèbre magazine à scandales *L'Indiscret*. Getchell prétend que le procureur adjoint Leavy a décidé d'ouvrir une enquête après avoir lu, dans le numéro de décembre, son article intitulé : « Copains et Coquins ! La Lascive Linda Lansing Liée au Sexe-Sationnel Sinatra ! » Getchell a expliqué au *Mirror* : « On m'a filé un tuyau, d'après lequel Frank Sinatra payait Flash Flood pour lancer la chanson de Linda Lansing, et comme j'ai pu confirmer ce renseignement de façon satisfaisante, j'en ai tiré un article pour le numéro de décembre. Je n'en dirai pas plus. Je ne communiquerai jamais à votre journal des échos croustillants que je pourrais publier dans mon magazine. Vous ne pouvez pas me reprocher ça, quand même ? »

Le procureur adjoint Leavy et le sergent Duhamel se sont refusé à tout commentaire sur les déclarations de M. Getchell. Quant à Frank Sinatra et à Linda Lansing, il n'a pas été possible de les joindre pour recueillir leurs réactions. Flash Flood a dit au *Mirror :* « Je n'aime pas Danny Getchell. C'est un parasite qui se fait passer pour un journaliste. J'aime Sinatra et j'aime Linda Lansing. Et je vais vous dire une chose : à mon avis, c'est Skip Towne (alias Sol Irving Moskowitz, disc-jockey lui aussi, et rival de Flood, *ndlr*) qui a raconté des bobards à Getchell pour foutre en l'air ma carrière. Pots-de-vin ? Peau-de-balle ! Ce qui se passe, dans cette histoire, c'est qu'il y a des gens qui disent n'importe quoi au nom de la liberté d'expression. Vous comprenez où je veux en venir, pas vrai ? »

Skip Towne est resté injoignable quand nous avons cherché à recueillir ses commentaires. Danny Getchell a dit au *Mirror :* « Je maintiens tout ce que j'affirme dans mon article de *L'Indiscret*, et je condamne les accusations de Flash Flood, dignes des pires calomnies bolcheviques. La liberté d'expression doit toujours avoir pour but la recherche de la vérité, et mon contrat moral est de servir la vérité. »

1

Le stupre-éfiant Sinatra :

Un fifils-à-maman qui joue les machos, un bouffon qui se laisse bouffer par les bonnes femmes. Un malfrat et sa meute de molosses qui rossent les reporters récidivistes.

Skip Towne me refourgue le ragot : Frank a filé à Flash Flood 5 000 dollars pour qu'il matraque le morceau et le fasse monter au hit-parade. Sous-entendu non sans malice : Linda Lansing lancine la libido de Frank et le balade par le bout de la bite. Pots-de-vin et parties de cul : perpétuelle pâture de *L'Indiscret*.

Sinatra m'envoie un billet doux :

« Danny, comment as-tu pu ? Parking du *Pacific Dining Car*, jeudi, 10 heures du matin. Tu sais que tu aggraveras ton cas si je dois envoyer les hommes à ta recherche. »

Les Hommes :

Des frappés free-lance sortis de Frisco. Des rastaquouères qui rampent devant Sinatra et lui lèchent les lattes. Des nervis énervés qui brûlent de bastonner et de rafler les fauteuils d'orchestre du prochain récital de Frankie.

Sinatra déteste *L'Indiscret. L'Indiscret* déteste Sinatra. J'ai fait paraître un papier sur ses archives personnelles et son opération pour se faire rallonger la queue. Ses pitbulls s'en sont pris à ma Packard et l'ont pulvérisée le jour de la parution.

« Jeudi, 10 heures du matin. »

Je démonte mon dilemme. Je songe à me soumettre et concocte des contre-mesures. Je rumine des ruses. J'analyse le guêpier où je me suis fourré et le réduis à sa plus simple expression. Je décide de piéger Frank au nom de la liberté d'expression.

Jeudi 21 décembre 55, 8 h 30.

Je passe chez Ben Hong, l'herboriste de Chinatown. Je lui achète un boisseau de bulbes de belladone et un monceau de Ma-Huang mangeur d'hommes. *L'Indiscret* fourgue des médications miracles et des nectars naturels aux narcotiques à des types à la page et à des collégiens. On fait de la publicité pour des pilules contre l'impuissance et des remèdes contre les rhumatismes, et on expédie la camelote depuis une cahute, derrière le Shangri-Lodge Motel. C'est légal et létal à long terme. On a une clique de clients accros qui en consomment à en claquer. Les camés du collège du coin achètent des caisses de canettes à la coke et décollent en classe pour le septième ciel.

Il faut que j'arrive à rafler de l'herbe en quantité. Ben Hong me prête l'oreille. Il m'apprend que Bob Mitchum vend de la marie-jeanne pour effacer son ardoise avec la mafia. Je passe un coup de bigo à Bob et lui balance un bobard à ne pas brailler sur les boulevards : la belle blonde qui t'a turluté dans les tribunes de Hialeah, en fait, c'était un travelo de luxe. Bob bafouille, bave et brame : « Qu'est-ce que tu veux ? » Je lui réponds : « Que tu me refiles de l'herbe. »

Bob abdique ; il accepte. Je me propulse jusqu'à son appart à Pacific Palisades et je prends possession, dans une poche en papier semi-transparent, d'un pacson positivement stupéfiant. Je m'allume un pétard dans ma Stud et pars pied au plancher. Je me tire vers le centre sans toucher terre.

Je plane comme un flamant déjanté. Je bats des ailes et j'atterris sur la 6e Ouest. Je passe devant le parking du *Pacific Dining Car*.

Je me ramène au ralenti. Je plisse puissamment les paupières. Je repère les parages — haché au haschisch, dans un nuage atomique de fumée entêtante.

Je vois le stupre-éfiant Sinatra siroter un martini matinal. Il lézarde près d'une Lincoln lilas. Deux cerbères à l'air féroce sont perchés sur un coupé Pontiac. Ils se poilent et avalent toutes les vannes que Sinatra leur balance. Des molosses maladroits avec une mission : molester pour leur maître. Leurs museaux musardent à un mètre maximum de ses miches.

Le parking est plein. La Pontiac est posée entre une Buick bouffie et une Bonneville bien balancée. Je peux m'introduire et m'arracher sans me faire remarquer.

Je continue jusqu'au carrefour. Je case ma caisse dans un coin et je reviens à pied. Les balèzes se bidonnent aux blagues de leur boss. Sinatra leur sert du ranci : l'histoire de Fouzy-Dans-Le-Baba, le giton japonais.

Ils ne me voient pas. Je m'accroupis et j'entre dans le parking en marchant en canard. Je m'approche de la Pontiac et je planque mon sac de shit sur le plancher de la charrette.

Je ressors en coup de vent. Je fonce jusqu'au bout de la rue et je me carre dans une cabine. Je fourre du flouze dans la fente et je passe un coup de fil au Sergent John O'Grady.

O'Grady :

Grande gueule et grippe-sous. Un besoin gratuit d'agrafer les accros du hasch et de se propulser en première page. En 48, il a poissé Art Pepper pour consommation de cannabis, et il a fait Mitchum marron pour une histoire de marie-jeanne. Ce jeudi encore, il jarnaquait un juteux junkie, le rejeton d'une julie haut de gamme, Hedda Hopper.

Il décroche.

— O'Grady, brigade des stupéfiants.

— Getchell, les bras chargés de présents.

— J'écoute. Tu as trois secondes pour retenir mon attention.

— Le parking du *Pacific Dining Car*. Les gros bras de Frank Sinatra et une once de shit sur le plancher d'une Pontiac verte.

— Quand ?

— *Tout de suite*.

— Sinatra est là ?

— Vous ne pouvez pas le rater. C'est le type tout maigre qui a une voix d'or.

Je rapplique au parking et me pointe promptement, me pavanant comme un paon. Sinatra m'aperçoit. Les mastards se massent les métacarpes. Je vois un grand type sur la banquette arrière de la Lincoln lilas.

Sinatra enfile des gants de cuir d'un beau noir luisant, méchamment lestés de billes de plomb. Ils balancent des baffes qui vous laissent baba.

Les molosses me montrent leurs molaires. Un majordome mexicain à l'air malfaisant surgit d'une issue de service. Il porte un martini comacos sur un plateau à monogramme.

Les molosses se moquent de moi. Le Mex se magne un max et susurre des « Si, Señor » sirupeux. Sinatra fait claquer ses doigts gantés de cuir. Le Mex nasille des sons serviles et s'affaisse, soumis. Sinatra claque des doigts et s'empare de son drink.

Il déclare :

— T'es un rapide.

Il regarde ses chiens de garde. Il répète :

— C'est un rapide, les gars.

Les molosses se marrent. Le Mex renifle et ricane. Je glisse un œil vers la Lincoln. Le grand type du siège arrière me tourne le dos.

Je me propulse vers le coupé Pontiac. Je demande :

— Quoi de neuf, Frank ? Ta mère fait encore son numéro ? Elle se fait toujours sauter sur scène par un bourricot ?

Sinatra s'échauffe et surchauffe. La vapeur sous pression sort de ses pavillons et me cingle le siphon. Il serre ses petits poings. Son verre cède, il explose — un shrapnel de tessons.

Les molosses morflent. Le Mex morfle aussi, presque en catimini. Tout le monde secoue sa chemise lardée d'éclats et fixe Il Padrone d'un regard effaré. Le Parrain de pacotille palpite et pisse dans son pantalon. Admirez l'auréole sur le coton à côtes !

J'attaque :

— Frank, j'ai parlé à Ava Gardner. Elle m'a dit que t'avais une quéquette pas plus grosse qu'une cacahuète. Ça sera en bonne place sur la couverture de mars. « Le Torride Ténor est monté comme un Têtard, avoue l'Affriolante Ava. »

Sinatra fulmine et se fout dans une fureur folle. Il bredouille, il bafouille, il bavoche, il crachouille et conclut carrément catatonique. Son cœur cogne dans sa caisse. Sa liquette crache ses boutons comme des fusées ; ils me fusillent les fumerons.

Les féroces foncent sur moi. Le Mex mouline des manchettes façon macho. Une bagnole de bourremen — brigade des stups — se pointe dans le parking.

Tous, ils se figent — frustrés, la frousse aux fesses.

John O'Grady gicle de la guinde. Son corpulent comparse s'arrache à son tour et se plante près de la portière. Les cerbères se replient et se réfugient presque dans la région de mon giron. Des flingues à l'air féroce étincellent dans les étuis d'aisselle.

Deux badges bien brillants : un insigne de shérif et une plaque de police.

O'Grady grommelle :

— Police de Los Angeles. Personne ne bouge d'un poil.

Je lorgne la Lincoln lilas. Je reconnais le grand type assis à l'arrière.

Le sergent Bob Duhamel — de la police de Beverly Hills.

Il enquête sur les pots-de-vin, et il se pavane dans la torpédo d'un suspect de premier plan.

?????

Le corpulent comparse se propulse vers la Pontiac. Il ouvre la portière passager et sort le sac de shit. O'Grady demande :

— C'est à qui, ça ?

Les genoux de Sinatra jouent des castagnettes, et il repisse dans son pantalon.

Le Mex jargonne en javanais et marmonne « *Mierda, mierda* ».

Les molosses écartent leurs pardosses. Le soleil scintille sur leurs insignes.

O'Grady les scrute scrupuleusement. Son regard se braque sur chaque badge. Il dit :

— Expliquez-moi ce qui se passe, ici. Vous avez intérêt à vous montrer convaincants. Et dites-moi pourquoi Sinatra vient de pisser dans son froc.

Les bouledogues baissent les yeux. Je sens que ça carbure dans leurs caboches. Ils relèvent la tête, le regard brillant et brutalement belliqueux. Ils se tournent, tranquillement, vers le Mex.

Molosse numéro Un :

— On travaille en collaboration avec les autres brigades. M. Sinatra a reçu des menaces de mort à cause de cette histoire de pots-de-vin, et on lui sert de gardes du corps.

Molosse numéro Deux :

— Euh… Ouais, et puis Pancho, là, il a essayé de vendre de l'herbe à M. Sinatra, mais M. Sinatra a dit non, alors Pancho a planqué le paquet dans ma voiture, parce que… euh… il croyait que c'était celle de M. Sinatra.

Pancho ruisselle de sueur. Il transpire de la tignasse. Ahuri, assommé, il nous singe, stupéfait, les stations du chemin de croix. En nage, il dégouline de gouttelettes. Il largue son plateau, qui rebondit sur le bitume avec un bruit à vous précipiter les palpitations. Réaction sans retard : quatre flics défouraillent et font feu sans faiblir.

Ils perforent Pancho et le poinçonnent de part en part. Ils le mutilent, le massacrent. Les balles lui labourent la moumoute et lui refont la raie au milieu ; elles rebondissent sur sa carcasse et sa boucle de ceinture et repartent vers les tireurs. Les ricochets déchirent le corpulent comparse et lui arrachent le pif. Je me recroqueville, je me ramasse, je conchie mon caleçon et je me casse…

2

Je case ma Stud dans une remise. Je crapahute jusqu'au croisement de Wilshire et Western et je court-circuite une Hudson Hornet tout bonnement sur le boulevard. Il faut que je me planque. Je viens de voir des lardus liquider un loquedu et massacrer un mec de la maison mère. J'ai suscité un spectaculaire sac de nœuds qui a coûté la vie à un flic. J'ai signé mon propre arrêt de mort — et peut-être beaucoup plus.

La volaille va vouloir m'accabler pour masquer sa maldonne mortifère. Sinatra remuera ciel et terre pour me réduire au silence et incendier *L'Indiscret*. Dans ce pataquès, c'est le poids des pots-de-vin qui prime et propage la panique à la périphérie.

Je hisse ma Hudson Hornet jusqu'à Hollywood. Chez Carl le casseur de vieilles caisses, j'échange mes plaques contre celles d'une Plymouth. Je trace à travers Trancas Canyon et je me triture pour trouver une issue au traquenard dans lequel je me trouve.

Skip Towne me refile le ragot sur Flash Flood. Je l'imprime dans *L'Indiscret*. Ma prose puissante pousse le procureur à se préoccuper des pots-de-vin et exaspère Sinatra le salace.

Sinatra le scandaleux sonde sans cesse la cité à la poursuite des senteurs de sexe. Ses loyaux labradors se dédoublent en limiers libidineux. Travaillant de la truffe, ils traquent les touffes et flairent des femelles pas farouches dans des soirées pour serveuses ou je-ne-sais-quoi. Quant à Linda Lansing, ils l'ont levée dans un lupanar pour lesbiennes.

Lascive Linda — la sémillante sœurette de Joi Lansing. Linda Lansing, la sangsue sensuelle, une perle de pacotille subventionnée par ses amours saphiques. Une aguichante gagneuse qui arrondit ses fins de mois en manteau de fourrure Sobel dans les émissions de télévision.

Il n'y a pas si longtemps que Linda a viré sa cuti pour s'envoyer la goulue gouine Liz Scott. Aux dernières nouvelles : Liz soupire toujours après sa coquine compagne. Les délices de la libertine Linda : les délirantes et délectables parties à trois. Aux *dernières* dernières nouvelles :

Le stupre-éfiant Sinatra raffole des rapports en trio. Il lève Linda Lansing et l'attire dans sa tanière. Elle l'ensorcelle et l'entraîne dans les transes de l'extase à trois. Mama mia… Un homme et deux femmes qui laissent libre cours à la luxure et la lubricité ! Linda lancine la libido de Frank et lui dicte sa loi : finies, les partouzes tripartites, tant que tu n'auras pas fait de moi une star ! Le King cuisine Sammy Cahn et lui fait composer *Baby, It's Cold Inside*. C'est un tube qui titille et captive et fait l'affaire des fourrures Sobel. Le King coince Flash Flood, l'embobine et envoie un paquet de pognon. Flash est floué. Il matraque une mauvaise musique et lance Linda Lansing au panthéon des pots-de-vin.

Skip Towne me refile le redoutable ragot. Il confirme un scandale d'importance capitale — mais laisse sans réponses les graves questions que je me pose.

Bob Duhamel, police de Beverly Hills. Un poulet plébiscité pour l'enquête sur les pots-de-vin. Son pote O'Grady, de la même brigade que lui, et le second du shérif. Trois bourremen mouillés dans une magouille merdeuse avec un Sinatra mou des genoux.

? ? ? ? ?

Je passe devant chez Flash Flood à Flintridge. Merde ! La Fleetwood de Flood et une flopée de flics en bagnole barrent les abords.

Tiens ! Revoilà les caïds qui ont criblé de pruneaux Pancho la Piñata. Auprès d'eux, Duhamel, de la police de Beverly Hills.

Qualifions cette collusion de complot de condés. Calculons le coût du contretemps que nous avons créé. Tirons-nous du traquenard qui nous tombe sur la tête et sauvons notre mise pour de nouveau médire de notre mieux.

Je marmonne ce mantra maléfique. Je mijote une machination pour flatter, flouer, frauder et FAIRE FORTUNE.

La petite cabane en bois de Laura :

La Mecque des hommasses mangeuses de minous où les langues de velours viennent se faire lever. Un rendez-vous rustique pour les gougnottes gourmandes.

Pour Liz Scott, la friande de foufounes, un lieu de prédilection.

J'y pénètre prudemment. Des louves me lancent des regards revêches. Ma réputation putride me précède et fait tomber des tabourets une foule de fastueuses frangines. Je dévaste et décime la salle.

Je localise Liz. Elle larmoie dans son glass. Je me glisse dans son box en simili et j'accapare quelques cacahuètes.

— Sers-toi, me dit Liz. C'est gratuit.

J'allume une Lucky prise dans le paquet de Liz. Elle a un rire rauque et sans ressort.

— Tu es une vraie charogne, Danny. Un raz-de-marée qui ne répand que saloperies et zizanie. Même si on était seuls sur une île déserte, et que tu sois la plus belle femme du monde, jamais je ne coucherais avec toi.

Dans *L'Indiscret*, Liz avait l'air lubrique la dernière fois qu'elle a eu les honneurs de la couverture : LES LESBIENNES SE LA COULENT DOUCE À LA CABANE EN BOIS, NOUS PRÉVIENT LA POLICE.

Je griffe dans son glass un morceau d'ananas et l'envoie soulager mon gosier desséché. Liz allume une Lucky et me lance au visage un nuage de fumée. Je recrache mes cacahuètes et des bouts d'ananas.

— Tu es une maladie pour laquelle on n'a pas encore trouvé de nom, Danny. Tu es pire que le cancer.

Je tremble et je trépide. Le trouble me titille. Je gémis et j'entre en érection.

Je lui dis :

— J'ai toujours pensé qu'on aurait pu s'entendre, tous les deux, au lit comme dans la vie, si tu avais des goûts différents.

— À la Saint-Glinglin, Machin. Et sur Vénus, encore, si tu t'habilles en travelo.

Oooh, oooh ! Elle me fait bander comme un bouc !

Je tire sur ma sèche et la réduis en cendres. Liz a un rire salace. Le juke-box se réveille. Linda Lansing halète : *Baby, It's Cold Inside*.

Liz baisse la tête et laisse couler un lac de larmes. J'explique :

— Linda est dans le pétrin, Poupée. Tu sais ce qui l'attend, pour l'histoire des pots-de-vin. Sinatra, c'est un trop gros morceau pour la justice, et Flash Flood va se défausser sur ses complices. Ils vont faire croire que c'est Linda qui l'a payé pour passer sa chanson, et c'est elle qui en prendra plein les dents.

Liz la délaissée lève les yeux vers moi. La lumière du bar met en relief ses fleuves de larmes et leurs affluents. Je sais qu'elle a en réserve des renseignements renversants qui pourraient me sortir de mon impasse — quelque chose de *très* « Indiscret ».

Elle frémit et se sèche la frimousse. Elle liquide le fond de son verre et mâchonne la cerise. Elle en suce la queue et me regarde dans les yeux. Ses prunelles me propulsent en orbite orgasmique.

Elle annonce :

— Tu veux des informations sur Linda. Tu es prêt à les payer s'il le faut, et tu vas essayer de me convaincre que rien de ce que je te dirai ne pourra lui faire du tort. Tu sais que je te donnerai ce que tu veux si tu te montres convaincant. Alors, montre-toi convaincant, et tire-toi. Ou je t'envoie une frangine de 130 kilos armée d'un coup-de-poing américain, et elle te fera sortir de ma vie une bonne fois pour toutes.

Stupéfiante subtilité ! Quelle concision ! Quel culot ! À vous couper le souffle.

Je lui réplique :

— Je vais publier un papier dans *L'Indiscret* pour clamer bien haut que tu es hétéro. Et je te laisserai tranquille pour toujours. Moi aussi, j'ai des ennuis avec cette affaire de pots-de-vin, et je n'écrirai pas le moindre mot sur Linda.

Liz me lorgne un loooong moment. Elle allume une autre Lucky et se lèche la lèvre où s'est greffé un grain de tabac.

Oooh, oooh ! Sauvez-moi de cette sirène saphique !

— D'accord, Danny. Écoute-moi bien, je ne me répéterai pas. Linda m'a raconté qu'elle avait fricoté avec Frank il y a trois ans, en 52. Elle m'a dit qu'elle avait un dossier compromettant sur lui, et qu'elle s'en était servie. C'est elle qui a forcé Frank à graisser la patte à Flash Flood, pour qu'il passe son disque à la radio.

L'épisode de 52 fait des ravages dans le ragot de Skip Towne. À l'entendre, la liaison Linda-Sinatra, c'était tout récent. Je demande :

— Où est Linda, maintenant ?

— Je n'en sais rien. Je l'ai vue il y a une semaine, quand les journaux venaient d'annoncer l'enquête, et elle m'a dit qu'elle devait descendre à Tijuana pour Louie Sobel.

Je libère une Lucky et l'allume. Liz soulève un porte-clés en cuir et le laisse pendiller sur l'un de ses longs doigts.

— 2104 Berendo Street, une rue qui donne dans Los Feliz Boulevard. Linda louait la maison, et j'ai fait des doubles en douce.

Je rafle les clés et fais claquer mes doigts. Je lance une œillade à Liz et sifflote un passage de *One for My Baby*. Liz s'esclaffe et me fait savoir que je suis lamentable.

— Tu n'es pas Sinatra, Danny. Alors, abstiens-toi. Et je ne coucherais pas avec toi si tu changeais de sexc, même si le chirurgien te faisait ressembler à Rita Hayworth.

Je reflue vers Los Feliz et je règle ma radio en route. Banco ! Un bulletin d'infos tout frais.

« … et il nous arrive du nouveau sur la fusillade du parking du *Pacific Dining Car*, qui a coûté la vie à un officier de la police de Los Angeles et à un serveur mexicain qui vendait de la marijuana. »

Les parasites me perturbent, la friture me défrise les feuilles. Je tripatouille le potentio et parviens à l'estomper. Le journaliste annonce : « Le serveur a été identifié. Il s'agit d'un certain Juan Ramon Pimentel, 24 ans, immigrant clandestin. C'était le plus important fournisseur de marijuana de la région de Los Angeles, et il faisait l'objet d'une enquête conjointe menée par la police de Los Angeles, celle de Beverly Hills, et les services du shérif du comté. Pimentel, cerné dans le parking, a sorti une arme et fait feu sur quatre officiers. Il a tué le sergent Richard D. Jackson, été mortellement blessé par la riposte de celui-ci, et… »

Les parasites brouillent le bulletin. Je passe devant la boutique de Brewster, dans Bronson Street, et j'achète le *Herald-Express*. Manchettes maousses : NOS POLICIERS SE COMPORTENT EN HÉROS AU COURS D'UNE FUSILLADE ! DEUX MORTS !

J'approfondis la prose du plumitif. C'est de la désinformation délibérée — il a froidement falsifié les faits avec un puissant parti pris pro-policier. Une photo en page 2 : John O'Grady prend la pose avec le polichinelle de la brigade de Beverly Hills, Bob Duhamel, et les deux pitbulls de la police.

Faramineuses fariboles sur la « Périlleuse coopération entre forces de police ». Diabolisation délirante de « Pimentel, le caïd de la drogue ». Omniprésent du fait de l'omission indéniable et inquiétante de son nom : le turbulent témoin, Frank Sinatra.

Avec une écœurante connivence, la colonne contiguë proclame :

LE PROCUREUR RENONCE À L'ENQUÊTE SUR LES POTS-DE-VIN.

Une douzaine de lignes désabusées. Un paragraphe de pure forme : « Manque de preuves… », « jugées insuffisantes… » — autant d'insinuations pour qui sait lire entre les lignes. Inconsciemment passés sous silence : la lascive Linda Lansing et le ténor porté sur la triplette, Sinatra. Un instantané sans intérêt : le procureur pervers J. Miller Leavy — parlant à l'oreille du brutal Bob Duhamel. Sous le cliché, en revanche, une légende captivante : « Le procureur adjoint Leavy et le sergent Duhamel ont également travaillé ensemble dans la célèbre affaire du meurtre de Barbara Graham. »

Aucune mention de MOI.

C'est *mon* papier sur les pots-de-vin qui a enclenché l'enquête. C'est *ma* machination marijuanesque qui a mis en marche un massacre. C'est *moi* qui suis indéniablement inique et ignominieusement ignoré.

Je frémis, je frissonne, et fais presque dans mon froc. Mon cœur cogne, convulsivement paranoïaque. J'ai mené, comme le Christ, une croisade pour la vérité, et franchi je ne sais quelle ligne invisible. Disons que je suis crucifiable. Le journal a négligé de mentionner mon nom, me condamnant par là même au néant. Le monde veut ma mort. J'ai maltraité les malotrus et volé au secours de leurs victimes. J'ai sodomisé des célébrités stupides, je les ai mystifiées, atomisées, pour révéler leur fragilité. J'ai vandalisé leurs âmes de vautours et placardé leur manque de sens moral chez tous les marchands de journaux du pays. J'ai pris modèle sur Mahatma Gandhi et j'ai surpassé ce salopard dans ma chevaleresque recherche de la vérité. J'ai survécu à des coups durs qui auraient concassé quantité de quidams. J'ai dénoncé le désenchantement d'un monde dissolu, j'ai égayé, éduqué, édifié les foules. Je suis un modèle spirituel, comme cette mal-blanchie qui a mis en branle le boycott des bus à Montgomery. *L'Indiscret* a plus de poids que la Bible — du moins à Los Angeles.

Je suis le Jésus du journalisme qu'un Judas va juger judicieux et justifiable de jobarder.

3

J'achète une bouteille de bourbon balèze. Je me biture la tronche pour m'extirper de mon tourment et pars plein pot vers la planque de Linda Lansing.

Je repère rapido les parages. Je rôde dans la rue Berendo et traverse les transversales. Pas de voitures de flics en vue. Je planque ma Hudson Hornet derrière une haie d'hortensias et mets le cap sur le cabanon.

C'est une imitation de mosquée mauresque en miniature. Des minarets, des marquises mauves, et des feuilles finement façonnées en façade. Je parviens à pénétrer. Je referme la porte, j'allume la lumière, et découvre un carnage.

L'odeur à lever le cœur de la chair putréfiée. Des cheveux que colle en paquets le sang coagulé. Un tas d'asticots sur un tapis turquoise. Des gouttes de sang sur les vitres et les murs blancs.

Linda Lansing gît à plat sur le plancher. Lacérée, lardée de coups de lame dans une robe en lamé. Balafres béantes et chairs déchirées en sangles sanglantes. Chevelure blonde déployée et figée en une flaque de sang.

Dix doigts distordus jusqu'aux tendons, calcinés jusqu'à l'os. Un réchaud électrique branché sur une prise murale. Des lambeaux de peau carbonisée coincés dans les spires de la résistance.

Je chancelle, je chavire, je tangue, je titube et vomis sur le tapis. Je m'oblige à mémoriser le meurtre.

Des récamiers retournés, des divans déchiquetés déversant leur rembourrage. Des tableaux ôtés des murs et réduits en confettis. Des bibliothèques basculées, bousillées, un tas de planches piétinées et pulvérisées.

De cruelles cloques sur tout le corps. Sur la peau calcinée, les stigmates du supplice. Des cercles de cigarettes. Un amas de mégots figés dans une flaque de sang.

Une torture terrifiante, infligée avec une férocité infernale. Mon hypothèse : les tortionnaires ont tenté de contraindre Linda Lansing à leur livrer quelque chose. Elle a résolument résisté, refusant de s'en séparer. La chose en question n'était pas une information. Disons plutôt un objet qui peut se dissimuler. Les sadiques ont saccagé la maison dans l'intention de le dénicher. Ils l'ont cherché avec une fougue impulsive, impétueuse. Implication implosive : l'objet est toujours LÀ.

Je regarde Linda Lansing. J'envoie un baiser au macchabée. Ma mémoire m'envoie des images de Linda telle que je l'ai vue, vive et ravissante, et m'annonce une anomalie : la Linda d'avant l'au-delà était longue, élancée. Le cadavre est quasiment corpulent.

Je chasse de ma cervelle toute tentation nécrophile. Je fais un saut jusqu'à la salle de bains et me rue sur l'armoire à pharmacie. Je pille les plaquettes de pilules et me concocte un cocktail pas prévu par le codex.

Un Secobarbital sexy et de la Dexedrine démoniaque. Un Miltown pour modérer l'amertume du mélange. Un Bromo-Seltzer brutal pour faire bouillir le breuvage.

J'écluse mon élixir et je le chasse avec une Chesterfield. Il explose dans mon estomac comme une bombe sous-marine. Délibérément, avec détermination, je dévaste la demeure.

Je dépiaute dix piaules. J'inventorie d'innombrables tiroirs débordant de dessous. Je démonte les moquettes. Je massacre des meubles merveilleux pour en faire des monceaux de débris. Je démolis les divans, je bousille les bahuts et les bonnetières.

J'ausculte les canalisations, je remue les armoires et j'explore derrière les étagères. Je martèle les murs du sous-sol avec une batte de base-ball et je tombe sur une chouette cachette secrète.

Planqué dans les profondeurs :

Un paquet de portraits. De fastueuses photos faites en secret et en SexyColor.

Linda Lansing bricolant la brouteuse de première bourre Barbara Stanwick. Sacrée Stanny… Toujours aussi stimulante.

Linda lovée au lit avec Lana Turner. Ahou ! Ahou ! Je salive sur les saphiques !

Linda titillant la troublante Tallulah Bankhead. Tallulah… C'est trop !

Linda dans une mêlée sur un dessus-de-lit mauve. À poil, aux prises avec Barbara Graham et Louie Sobel.

Sensuelle synergie. Pétulante perversion. Un trio turpide traqué par un objectif obscène.

Une connexion confondante.

Un fourreur furtif. La victime d'un meurtre et une meurtrière qui a honoré de sa présence la chambre à gaz de San Quentin. Une connexion à creuser : Bob Duhamel a travaillé sur l'affaire Barbara Graham.

Je cligne sur les clichés. Je les explore et les embue. Je salive et dégouline sur Linda Lansing — la lesbienne longiligne. Dédoublement de la tribade ? Son cadavre court vers le corpulent.

?????

Caché près des clichés :

Un répertoire à reliure mobile. Des noms à consonance latine listés dans des colonnes. De productifs profits à cinq chiffres rangés en regard.

Martinez, Madragon, Marquez… Rien que des Mex, ces mecs. Tostado, Trejo, Tarquez… Tous portés sur les tacos. Pellicar, Peja, P. Pimentel…

Ah, ah ! Attends un peu…

Juan Pimentel… la piñata-pelote d'épingles du parking. Le prétendu magnat de la marijuana. Le majordome malchanceux, la tête de turc de tous les turpides.

?????

Je coince les clichetons contre une canalisation et range les répertoires sous un lé de lino décollé. Je retourne dans la turne du fond et fouille une ribambelle de bouquins que j'ai balancés sur le plancher. Bingo ! L'annuaire de *Variety* pour l'année 1954.

Je compulse les « *L* », qui révèlent :

« Lansing, Joi. Actrice. Née le 6 avril 1928 à Salt Lake City. »

Plus loin :

« Lansing, Linda. Chanteuse. Née le 21 mai 1930 à Salt Lake City. »

Je parcours les paragraphes alloués aux Lansing. J'examine deux photos publicitaires. Leurs boucles blondes se brouillent. Leurs minois se mélangent merveilleusement et renaissent sous les traits de deux quasi-jumelles.

— Splendides créatures. J'ai couché avec la plus belle, je suis bien placée pour le savoir.

Une voix vibrante — saphique et sensuelle.

Mes nerfs se nouent sur ma nuque. Je pivote et prie que le pire ne soit pas pour tout de suite. Mon regard se vrille dans celui de la shérif adjointe Dot Rothstein.

Une gouine qui goûte le gode. Sheba la chienne du shérif à la prison pour femmes du centre-ville. Une poissarde qui a un penchant pour les pouliches dans leur primeur. Une mémère maousse en costume de mec.

Je la lui joue coooool.

— Tu es superbe, Dot. Tu me fais regretter de ne pas être une femme.

Dot me décoche un coup de botte dans les balloches. Une giclée de bile me remonte dans la bouche et je m'écroule. À genoux. La douleur me déchire.

Dot m'ordonne :

— Ne bouge pas. C'est dans cette position que j'aime voir mes femmes.

Je me dresse bien droit, dur et déterminé, et fais un doigt d'honneur à Dot.

Elle me saisit le médius, le plie en deux, et le mord jusqu'à l'os.

Douleur démesurée ! Locale, mais aventureuse. Depuis mon doigt mordu, elle descend dans mes valseuses. Elle lacère la brume cotonneuse que les pilules ont fait naître dans ma tête.

Dot me demande :

— C'est toi qui l'as tuée ?

J'éponge le raisiné qui barbouille mon blazer bleu.

— Non. C'est toi ?

Dot me tend un mouchoir.

— Je l'aimais, la pauvre choute. Elle couchait avec moi de temps en temps, et on gagnait de l'argent ensemble.

— Comment ?

— Je la maquereautais auprès de quelques hommes politiques qui pouvaient être utiles au shérif.

Ma douleur décline. Le mélange au Miltown l'émousse moelleusement.

Dot ajoute :

— Elle faisait pression sur Frank Sinatra. Elle a d'abord couché avec lui, puis elle l'a menacé de le priver de fri-fri s'il ne lançait pas sa chanson à la radio.

Négatif ! Nix, niet, et nib de nib. Liz Scott m'a parlé de chantage, en chargeant Linda. Virtuellement verbatim :

« Elle a fricoté avec Frank il y a trois ans, en 52. Elle a un dossier compromettant sur lui, et elle s'en est servie. »

Dot me dévisage — impassible, immobile, inébranlable.

— Ça t'ennuierait de me dire ce que tu en penses ? Et ce que tu sais de cette affaire ?

Je hausse les épaules comme si je ne savais rien de rien. Dot m'explique :

— Ils n'ont pas tué celle qu'ils croyaient. C'est Joi qui est dans le salon. Je connais le corps de Linda sur le bout des doigts, et ce n'est pas elle. Joi a toujours été un peu plus potelée, et elle avait la clé de la maison. Et si Linda est fine mouche, ce qui est le cas, elle va se goinfrer de glaces au chocolat et se faire passer pour sa sœur en attendant que cette histoire se tasse.

Mes connexions se concatènent. Je suis tout ouïe. Une théorie se trame dans ma tête.

Juan Pimentel — la piñata-pelote d'épingles du parking. P. Pimentel — le *padre*, le partenaire de la piñata… Ou son infernal frangin ? Liz Scott la volubile, véritablement verbatim : « Linda doit descendre à Tijuana pour Louie Sobel. »

Sobel, que les clichés lascifs de Linda Lansing portraiturent dans des poses pornographiques. Tijuana, scandaleusement située un soupçon sous la frontière. Joi Lansing, lacérée en lanières sanglantes par des maraudeurs mexicains — des *bandidos* bons à rien qui ont bousillé le boulot et se sont gourés de greluche parce qu'ils ne parlent que l'espagnol.

Dot me dit :

— Ça carbure dans ta petite tête. Tu te fais tout un scénario et tu te demandes quel rôle j'y joue.

Je la regarde avec un sourire radieux.

— Je me demande ce que tu sais sur un flic qui s'appelle Bob Duhamel, et une virée à Tijuana que Linda fait peut-être pour Louie Sobel.

— Duhamel… dit Dot. (Elle courbe cauteleusement les épaules.) Je ne connais pas ce flic dont tu me parles, mais ce que je sais, en revanche, c'est que tu étais sur les lieux quand il ont refroidi le Mex, ce matin. Et je sais que Louie S. est lessivé, et qu'il prépare un faux braquage de son entrepôt de fourrures pour arnaquer son assureur. Et c'est Linda qui devait aller vendre pour lui les fourrures volées à Tijuana.

Je cogite, je spécule, je médite, je rumine et…

— Écoute, Danny. On est tous les deux dans ce pétrin, mais toi, tu y es plongé jusqu'au cou. Cela dit, il faut que tu saches que cinquante mille dollars distribués aux gens qu'il faut et quelques ragots bien compromettants dans *L'Indiscret* pourraient te tirer d'affaire.

… je frétille comme un gardon pas frais.

Je lui demande :

— Raconte-moi ça. Sans charre.

Dot détaille le dispositif :

— Sobel ne sait pas qui seront les faux braqueurs. C'est Linda qui a monté le coup, et tout ce que Louie connaît, c'est la date et l'heure : le 27 à 18 heures. Tu n'as qu'à court-circuiter les comparses, transporter les fourrures à Tijuana, et me rapporter l'argent. Linda sera tellement occupée à se faire passer pour sa grande sœur qu'elle te laissera tranquille.

LE SCRIBOUILLARD À SCANDALES SACRIFIE SA CARRIÈRE ET S'ENFONCE DANS LE CRIME ! LE MALFAITEUR MALIN MUGIT : AVANCEZ LES VISONS ! ET MET LES VOILES AU MEXIQUE !

Je demande :

— À qui je refourgue les fourrures ?

— Au chef de la police de Tijuana, répond Dot. Il s'appelle Pedro Pimentel.

4

Je me réfugie dans un repaire pour artistes à la mode de Santa Monica Canyon. Je supplie ce cinglé de Chris Isherwood de me laisser un lit.

Chris le Crucifié m'offre l'asile dans son sinistre sanctuaire shintoïste. C'est Chris le Combinard qui lance l'invitation et la lie à une condition :

Ne m'incendie pas dans *L'Indiscret*. N'étale

pas en pleine lumière mes sauteries pour sodomites. N'accable pas mon ashram à baisodrome incorporé. Ne ridiculise pas les résidents. Ne publie pas cette photo où je roule une pelle à Liberace.

Je souris avec suffisance. Je lui jure mes grands dieux que je n'en ferai rien, je lui sers un serment sournois. J'introduis dans les lieux mon Hudson Hornet et les herbes hallucinogènes de chez Hong.

L'ashram est une tanière pour toxicos et un tringlodrome pour tantouses. Les turbulents tricards :

Aldous Huxley, abruti par l'absinthe, pété au peyotl, et accro à un alcaloïde pour azimutés, l'acide lysergique diéthylamide.

Bogie Bogart, qui se collette avec le crabe à l'aide de vœux vaudous et de potions aux noyaux de pêche.

Oscar Levant, qui lévite, délirant, entre laudanum et Lowenbrau.

Sammy Davis Junior, aux abois comme un bamboula parce qu'il a baisé une Blanche qui sortait avec Walter Winchell. Détail personnel et moricaud-fidentiel : Winchell a mandaté des macaronis pour dessouder Sammy.

Enfin — et pour terminer par le plus troublant :

Trois *marines* tendance maso qui rêvent de se faire rudoyer. Des déserteurs cherchant à échapper aux patrouilles de la police militaire. Des proies de premier choix pour Chris le Dépravé.

Je m'installe et prends mon temps pour mijoter l'opération « vol de visons ». Je flânoche dans le flou.

Je lampe du laudanum avec Levant et m'envape au haschisch avec Huxley. Chris cristallise les herbes de Hong et concocte des cocktails anti-cancer pour Bogie. Chaque soir, je regarde les infos et je note des nouvelles nerveusement navrantes.

Flash Flood et Skip Towne : écrabouillés par un casse-cou qui conduisait un camion. La Fleetwood de Flash Flood : calcinée jusqu'à la carcasse dans Topanga Canyon. Deux disc-jockeys rivaux qui roulaient dans *la même* voiture ? Pour un magazine comme le mien, ça s'appelle un meurtre.

Pas un mot sur le massacre de la mosquée mauresque ni la lascive Linda Lansing. Pas de précisions sur les pots-de-vin ou le priapique Sinatra. Concluons à la collusion collective.

J'ai des contacts dans la flicaille ; je les appelle. Ils me pondent un topo sur Pedro Pimentel.

Un méchant Mex. Le Tojo tacophile de Tijuana.

Il contrôle des compagnies de condés corrompus. Ses poulets ponctionnent les prisonniers incarcérés pour des inculpations inventées de toutes pièces. Pedro les dépouille de leurs possessions. Il viole leurs filles encore vierges et en fait des virtuoses du vice au Va-Va-Voom Club. Leur progéniture la moins présentable, il la propulse à coups de pied dans des *casas* en carton et les contraint à trimer comme des esclaves dans ses usines clandestines. En sortant du turbin, ils jouent les mendiants méritants et soutirent des piécettes aux gringos complaisants.

Pedro Pimentel possède une clinique — on y soigne la chaude-pisse — et puis le Club Diablo : une bâtisse en brique rouge délicieusement décorée qui héberge des hermaphrodites et le meilleur numéro de coït avec un bourricot qu'on peut voir à Baja. Pedro Pimentel importe du porno en fraude. Il cogne les cocos et castre les Castristes qui s'évadent de Cuba. Pedro Pimentel fait fête aux nazis condamnés à Nuremberg et leur assure un asile.

Pedro Pimentel refourgue des fourrures fauchées.

Les flics me fournissent d'autres infos.

Juan Pimentel était le frère pédophile de Pedro. Juan s'est barré de Baja après une sale histoire de gosse assassiné. Pedro l'a présenté à Duhamel, dit Bob la Brute — police de Beverly Hills. Bob la Brute fait de Juan le Pervers un mouchard mielleux. Juan le Pervers travaille au *Pacific Dining Car* — une couverture pour son sale boulot d'indic sournois. Bob la Brute connaît depuis des lustres l'ensorcelante lesbienne Dot Rothstein. Ensemble, ils trament un traquenard pour blouser Barbara Graham — flippée à fond à la prison pour femmes.

Barb la Barbare est une fastueuse femelle et une fabuleuse actrice. Elle affirmait qu'elle n'avait pas assassiné Mabel Monahan. Le procureur pervers J. Miller Leavy la trouve troublante. Il craint qu'elle émeuve les jurés mâles et les mette à genoux. Leavy concocte un plan pour la discréditer et le cloque à Dot et à Bob la Brute.

Bob et Dot se mêlent aux malfrats. Ils mobilisent deux malandrins minables et les branchent sur Barb la Barbare. Les minus lui soumettent un alibi comac pour le 9 mars 53. Barb mord à l'hameçon ; elle se servira de leurs salades si ça peut la sortir du guêpier. Les minus lui montent le coup et courent illico voir Miller Leavy. Leavy retourne contre Barb son alibi bidon ; le bobard la coule complètement et permet au procureur de prononcer une inculpation convaincante.

Mes contacts chez les flics contredisent Dot la Diabolique. Cette dissimulée m'a déclaré : « Duhamel ? Connais pas. » L'avatar de Barb la Barbare me bouffe la calebasse et sème la pagaille dans mes hypothèses. L'épisode a-t-il un lien avec l'affaire des pots-de-vin et le seintitillant Sinatra ?

Ce mystère ronge ma hure envapée par le hasch. Il me lancine dans l'antre où je me planque et vis au ralenti.

J'échange avec Sammy des saillies inspirées par le shit. Sammy le Sambo dépressif : la marie-jeanne le rend mauvais. Il divague dans des délires racistes de Mau-Mau malveillant. Il déblatère sur l'oppression du pouvoir blanc et enchaîne sur l'auto-dénigrement des Noirs et sur Sinatra, le négrier narquois.

Anecdotes annihilantes :

Frank mortifie Sammy à une soirée de la mafia à Miami. Sammy chante pour des mafieux confirmés. Ils l'obligent à se déhancher comme un bamboula et l'envoient bouffer des coquillettes à la cuisine avec les cuistots cubains. Frank soustrait Sammy à l'office et le pousse à faire un *bis* pour chanter *Moi qui ne suis qu'un bon à rien de négro*.

Pendant une fiesta en coulisses pour saluer Sinatra, Sammy saute une beauté en bikini, la Miss des bières Schlitz. Sinatra, mortifié, s'imaginait sincèrement en avoir la primeur. Son chauffeur anschlusse Sammy. Il l'embarque à Sheboygan, Wisconsin, et le lâche dans le blizzard en chapeau de feutre et sous-vêtements moulants.

Sinatra saute sur scène pendant que Sammy fait saliver les spectateurs du Crescendo. Sammy brame une ballade bluesy et allume une L&M pour avoir l'air cool. Le public craque. Sinatra fait signe à un serveur. Le serveur balance une pastèque sur la scène. Le public fait dans son froc. Sammy se marre pour faire croire qu'il adore. Frank l'expulse de la scène et liquéfie la foule avec *Willow Weep for Me*.

Je sers à Sammy mon sentiment sur Sinatra. Il succombe à sa succulence et en devient servile. On s'enfonce comme des fous dans la maussaderie et on sombre dans l'abîme sans fond de la Sinatraphobie.

On lui jette des sorts, on l'accable d'une haine infernale. On lui lance une malédiction

Shinto concoctée par Chris le Cinglé. On salope les pochettes de tous ses albums, on joue aux fléchettes avec, et on laboure les disques qu'ils contiennent. On s'excite tant et plus qu'on entre en transes — franchement frénétiques et francophiles. C'est la fragrance de l'encens qui nous en sort. Et qui me pousse à l'action.

Je propose à Sammy :

— Aide-moi à voler des fourrures et à les transporter jusqu'à Tijuana.

— Oui, Grand Bwana Blanc, répond Sammy.

Je lui suggère :

— Appelle Frank. Fais comme si tu ne lui en voulais pas, et fais-lui comprendre que j'aimerais faire la paix avec lui.

— Oui, Sahib, susurre Sammy.

Subrepticement, on surveille les Fourrures Sobel, casés dans la Chrysler de Chris, tassés à ras du tableau de bord. On porte des déguisements distincts.

J'incarne un shaman Shinto. Visez un peu l'accoutrement : une robe de moine multicolore et des lunettes noires très mode pour masquer mes yeux. Sammy essaie de se faire passer pour un pachuco : pantalon serré aux chevilles et chemise mexicaine bon marché.

Sans répit, on repère Rodeo Drive. On potasse le plan des parages. On balaie d'un regard indolent la boutique du fourreur, et on voit deux loulous en Lincoln dernier cri qui tournent autour aussi.

Ils ont l'air portés sur le larcin. Une allure de lézards. Ils tournaillent, ils tournicotent, ils se lèchent les lèvres et ils scrutent toute surface observable.

Ils surveillent la scène avec la sagacité du serpent. Moi et Sammy, on les suit avec efficacité. Nos reptiles se restaurent chez Linny. On s'envoie des saucisses à la table d'à côté, et on enregistre leurs échanges deux jours durant.

Ils adorent les abats aux oignons. Ils en commandent, en recommandent, s'extasient, et parlent de leur plan sans baisser le ton. Ils confirment Dot la Diabolique de façon concluante : le hold-up aura lieu le 27 décembre à 18 heures.

On suspend la surveillance le 24. Chris le Crucifié donne une soirée pour fêter le Prince de la Paix.

Bogie se beurre avec sa potion aux noyaux de pêche et du schnaps au peppermint. Il glougloute à gogo et vocalise des chants chinois pour vaincre le crabe. Huxley engloutit des hallucinogènes. Il avance des arguments qu'il accumule pour accabler le Christ. Il chante les louanges de ce salopard de Ponce Pilate et de son « paradigme paranoïaque ». Ça met en rogne Oscar Levant. Oscar propose de préparer un « porto flip philosophal ». Il y ajoute de l'herbe, du hasch, et du houblon hongrois. La décoction déchire Chris le Cinglé. Il invente des aphorismes et s'imagine aphrodisiaque. Les *marines* esquivent ses assauts lascifs et filent bientôt à l'anglaise.

Sammy, sobre comme un serin, s'emporte contre Sinatra le Satanique. Il inventorie avec insistance ses indignités passées en détails intimes. Il fouette et fustige sa chair jusqu'au sang. Il catalogue des cruautés catastrophiques et s'agace de sa propre complaisance. Il baptise son bourreau « l'Antéchrist de la fête chrétienne » et l'appelle sur le téléphone de Chris.

Sammy se couche devant ce saligaud. Il cajole le combiné et fait le signe de croix. Il agiterait de l'aconit s'il en avait une branche sous la main.

Il m'annonce :

— Frank veut bien te voir. Choisis l'heure et l'endroit.

Je réponds :

— Le motel près du Club Diablo. À minuit, le 27.

Sammy marmonne dans le microphone. Je rumine ma prochaine rencontre avec Satan sur son propre terrain torride.

5

On part armés jusqu'aux dents. On se fait passer pour des *marines* en manœuvre militaire.

Les *marines* tendance maso ont laissé leur saint-frusquin au sanctuaire. On enfile leurs uniformes et on emporte leurs pistolets piqués au PX. Je planque ma Hudson Hornet et court-circuite une camionnette Carter. Des masques de monstres nous rendent menaçants, et montrent qu'on est des mecs qu'il ne faut pas emmerder.

J'avance sous les traits de L'Homme-Loup. Sammy se camoufle en Créature du Lac Noir. On gare dans la courette notre fourgon à fourrures et on s'engouffre par la porte de derrière.

17 h 46.

Quatorze minutes pour rafler des fourrures et remplir le fourgon. Quatorze minutes pour doubler les détrousseurs déjà désignés pour le détournement.

On déboule comme des dératés dans un

corridor décoré de visons pas vilains. On freine devant la chambre froide. Louie Sobel nous surprend et se marre un moment.

Il hurle de rire, il halète, hors d'haleine. Il pique une suée et se tape sur les cuisses. Il titube et nous montre une pile de peaux sur le plancher de la chambre froide. Il crache dans son mouchoir. Il hoquette :

— Dépêchez-vous, espèces de *fershtunkener furmeisters*. Vite, avant que je claque d'un putain d'infarctus.

Sammy place les peaux dans un large sac à linge. Je parcours du regard la salle d'exposition. Je découvre un déluge de zibelines zenzazionnelles, de chinchillas de choix, de visons d'exception. Notre piètre pile de peaux pâtit de la comparaison.

Sobel ordonne :

— Frappez-moi — une seule fois — et puis ligotez-moi et fichez le camp d'ici. Votre numéro de comiques me tape sur le système.

Sortant mon pistolet, je le cogne à coups de crosse, le réduis en bouillie. Je décime ses fausses dents. Le sang gicle sur la serge de mon uniforme.

Sobel tombe dans le potage. Je le charrie dans la chambre froide et l'enfouis sous un fatras de fabuleuses fourrures. Sammy s'épanouit et toise d'un œil torve le tortionnaire blanc. Il marmonne des maximes mau-mau et se métamorphose en Créature du Lac Nègre.

17 h 51.

Sammy trimbale le sac à linge jusqu'à la camionnette Carter. Je mets les gaz et me rue dans l'échoppe.

Je razzie les visons et les transvase en vitesse. Je vole des tas d'étoles. Je chope des chiées de fourrures chatoyantes. Je bourre la bagnole du tableau de bord au pot d'échappement. En une seule manœuvre, je deviens millionnaire et j'émancipe Sammy le Sambofié.

17 h 57.

Je rafle un dernier rayon d'étoles. Les vrais braqueurs déboulent par la porte *d'entrée — rápidamente*.

Je me pétrifie. Sammy, pétrifié aussi, reste fixe et roide près de la chambre froide. Les vrais voleurs échangent un regard — *ben, merde !* Ils papillent des paupières et sondent la salle — pillée, saccagée sans pitié.

Ils dégainent des Garling DZK et m'allument à tout-va. Ma pile d'étoles étouffe leurs pruneaux. La Créature du Lac Nègre s'accroupit et sort son soufflant. Six balles abattent les vrais voleurs, les renvoient dans un présentoir de raglans en raton laveur.

On les enveloppe dans du petit-gris, on les roule sous un tapis. Sammy observe la scène et la sous-titre : « Massacre sous le manteau ».

Notre camionnette met le cap sur le Mexique — mucho rápido. Sammy négrifie les succès de Sinatra et les chante a cappella. Il vilipende et versifie Frankie, il le maltraite à travers ses paroles tendancieuses et licencieuses. Il scande un scat scatologique et se fout de Frank, le farfelu fêlé. Il excorie, il exorcise ex nihilo son ex-exploiteur.

« Allons à Napoli, entre macaronis, j'éjacule un peu tôt, je balance le pesto, c'est pourquoi elle me dit, je t'en prie, retiens-toi la nuit ! »

« Trois heures du matin, je me noie dans mon chagrin, encore un verre, Pépé, car Ava m'a quitté pour un nègre bien monté. »

« Viens à Vegas, viens à Vegas, viens ! On va sauter des connes, dans leurs chambres de bonnes, et on va leur prouver, qu'on n'est pas des pédés ! »

Sammy chante à toute allure, il rocke, il rolle, il rugit, et ressuscite sa négritude innée. On se rue vers le sud comme deux compères psychopathes.

On s'arrête dans des toilettes pour se resaper

en civil. On reprend la route, on franchit la frontière, et on tourne vers Tijuana.

Visez la vision :

Des essaims suants de lardons loqueteux qui tarabustent les touristes et les sucent comme des sangsues. Une clique de marins vénériens devant une clinique à chaude-pisse. Des voyous qui vendent du chanvre et du plant de peyotl en pleine plaza. Des frappes qui fourguent des godes électriques et des vues érotiques de spectacles zoophiles. Des péons efflanqués que la famine a jetés, gisant sur la chaussée. Des coquins qui paressent, les paluches dans les poches, ou qui se curent les crocs au canif. Des hermaphrodites assemblés en hordes aléatoires. Une chaîne de chiquitas rongées de chancres qui se chamaillent devant une échoppe à chop suey. À chaque carrefour, d'élégants lardus latinos, tenue aile de corbeau et fringantes bottes germano-nazies.

Oooh, oooh ! On dirait que je commence à apprécier, que je deviens blasé.

On passe du côté du Club Diablo. Vise la saignante enseigne au néon : un Lucifer lilliputien avec des cornes comacos et une bite en trident.

23 h 37.

On prend une chambre au miteux Chinchinagua Motel et on baratine le gérant. C'est le Mex par excellence. Je lui passe une poignée de piécettes et ramasse des tuyaux torrides :

Un certain « M. Duhamel » a passé un coup de fil pour confirmer sa réservation. Son « ami Frank » et lui arriveront vers minuit et prendront possession du bungalow beige, celui du fond.

Je cloque un manteau de vison au merdeux mexicain. Il marmonne « Madre mía » et rampe à plat ventre. Sammy l'alpague au colback et le met au parfum : passe-nous ton passe du bungalow beige et donne la clé aux deux crétins quand ils rappliquent. Et pas un mot sur les banditos balèzes qui viennent de t'embobiner.

Le Mex murmure « Sí, sí » et nous refile son passe. On se bouge jusqu'au bungalow beige et on s'y introduit en catimini. Je titille un interrupteur. La lumière jaillit et lance des convois de cafards incontrôlés.

Ils trissent, ils tracent, ils bruissent et rebondissent sur le bord du lit. Ils font des saltos et décollent du lino. Ils se carapatent et crépitent comme des croquettes sous nos croquenots.

23 h 48.

On recharge nos revolvers. Sammy siphonne une seringue pleine d'un acide lysergique qui ressemble à du crésyl. Je cavale jusqu'à la camionnette et rapplique muni de câbles de batterie.

On éteint les lumières et on se planque dans un placard. Les cafards décollent du plancher et s'engouffrent dans nos bouches. On s'étouffe et on tousse à s'en ravager la gorge. Par réflexe, nos estomacs protestent, nos molaires massacrent ces satanées saloperies, et broient les bestioles en une purée pleine de pus. Nous crachons nos débris de blattes. Un ronflement résonne — juste derrière la porte du bungalow.

Le vrombissement d'un V8. Des pneus qui dérapent et font grincer le gravier. Des voix vigoureuses. Une cacophonie de clés qui sondent la serrure. La Voix de Velours :

— Quel gourbi ! Et vise un peu ces cafards sur la commode !

Une tonalité de baryton baraqué :

— Je vais voir dans le placard. Il y a sans doute de l'insecticide.

Je rafle un ramassis d'insectes et m'apprête à attaquer. Sammy prend la pose du pilonneur. La porte du placard pivote et s'ouvre en souplesse.

Je bombarde Bob Duhamel d'un déluge de bestioles. Elles s'engouffrent dans son gosier, plongent en piqué dans sa gorge, et patinent à la pelle sur la peau de son crâne. Sammy le satonne à l'estomac et subtilise le soufflant de son étui d'aisselle.

Bob la Brute bat des bras et des mains façon chasse-mites. Il bave de la bile de blatte, il régurgite du jus de jais. Il s'aplatit pesamment sur le plancher. Sammy soutire de sa ceinture une matraque en queue de castor et lui concasse les cacahuètes. Je me sers de sa paire de menottes pour lui coincer les mains derrière le dos.

Sinatra, railleur et rusé, regarde la scène sans broncher. Il fait tournoyer un cocktail dans son godet et oscille doucement sur un rythme lancinant. Il rote des ronds de fumée parfaits incroyablement cooooools. Frank le Frigorifique… Le paladin postatomique, le type aux cheveux gras qui garde son sang-froid sous une pression extrême.

Il demande :

— Eh bien, eh bien, qu'est-ce que nous avons là ? Le Ranger Solitaire et son fidèle Tonto ? Quoi de neuf, *kemo sabe ?*

Bob la Brute crache des cafards. Sammy lui mure le museau au sparadrap pour l'empêcher de parler. Je sors la seringue de Sammy de sa poche de chemise ; j'observe l'opiat opalescent que le piston propulse.

Sinatra s'informe :

— Dites-moi, les guignols, vous êtes défoncés, ou quoi ? Sambo, je suis choqué. Je vais peut-être devoir te dénoncer à la Ligue pour les droits des Noirs.

Je m'esclaffe et me rue sur lui. On se percute. Son martini m'asperge, la fumée me submerge. J'attrape une touffe de cheveux gras et m'empare du postiche de Frankie. Sinatra pousse un cri perçant. Je lui serre le kiki et je plonge mon aiguille dans une veine qui vibre. Je pousse le piston et j'envoie du jus de jungle dans sa jugulaire.

Sammy pronostique :

— Te voilà parti pour une défonce plutôt mouvementée, mon pote.

Je balance Frankie Fréon sur un dessus-de-lit délavé. Les cancrelats marchent en crabe sur son costard Sy Devore. Frank est fricassé, archi-frit, fermement frustré de son calme chronique. Je fixe ce moment dans ma mémoire.

Sammy fait courir les câbles de batterie jusqu'à la Lincoln de Frank. Il ouvre le capot en grand. Il met les gaz à fond. Il pose les pinces sur les bornes de la batterie. Des étincelles crépitent. Je case les câbles sous la porte et referme à fond notre chambre de tortures.

Sammy arrache le sparadrap qui obture la bouche de Bob la Brute. Je fais passer les pinces juste sous ses yeux.

Les étincelles giclent et le cinglent. Elles consument, elles calcinent et roussissent ses sourcils.

Frank menace :

— J'ai des amis personnels parmi les hommes les mieux placés de La Cosa Nostra.

Bob la Brute renchérit :

— Vous n'allez pas oser, tout de même !

Je pose les pinces sur ses paluches pour propager le jus. Il vibre sous le voltage à vitesse grand V et virevolte sur le plancher.

J'ôte les pinces et le regarde se tortiller par terre. Je lui demande :

— Raconte-nous tout. Sans bobards et sans rien oublier.

Bob la Brute claque des chocottes à cause du choc — et formule un faiblard : « Va te faire foutre. »

J'arrime ses chevilles aux deux pinces-crocodiles. Bob la Brute se cabre et s'arc-boute et nous fait un salto arrière spectaculaire.

Je déconnecte les deux câbles. Je l'entends hululer. Son bassin bondit. Il gigote des gigots. Survolté, il virevolte et crachote des étincelles.

Sammy salive :

— Vise le spectacle !

Il est hourdé à la haine de l'Homme blanc. Il ressemble au fameux bamboula Jomo Kenyatta.

Frankie Fréon est frappé de frayeur. L'acide s'assimile assidûment.

Bob la Brute s'égosille et s'écrie :

— Ça suffit !

Je me penche vers lui. Bob la Brute bredouille et bafouille. Son escalope palpite sur son palais et prononce prestissimo ces mots :

— C'est Linda qui a tout fait foirer quand elle a fait pression sur Frank pour lancer sa chanson. Skip Towne a eu vent de la combine et t'a mis au courant. Et puis tu as écrit ton article dans *L'Indiscret*, et Miller Leavy l'a lu et s'est dit que le nom de Frankie lui ferait une sacrée publicité. Il a ouvert une enquête, mais c'est à ce moment-là qu'il a appris ce que Linda savait vraiment sur Frank et qu'il a eu la trouille — et je ne sais pas ce que c'est, mais…

Leavy et Bob la Brute se connaissent depuis l'affaire Barbara Graham. Dot Rothstein travaillait avec eux. Liz Scott trouvait ridicule qu'on puisse croire que Frank venait tout juste de rencontrer Linda. Elle m'a révélé la vérité : « Linda a fricoté avec Frank en 52. Elle a un dossier compromettant sur lui, et elle s'en est servie. »

Barb la Barbare a assassiné Mabel Monahan. La date fatidique : le 9 mars 53.

?????

Je m'abaisse au niveau de Bob la Brute. J'agite mes câbles à pinces. Je hume des relents de peau roussie.

— Les renseignements embarrassants que Linda détient au sujet de Frank… Est-ce qu'ils ont un rapport avec l'affaire Barbara Graham ?

Bob la Brute fait non de la tête, ses genoux jouent des castagnettes. Mon détecteur interne mesure son mensonge et le juge maousse. Je pose mes pinces sur son pif.

Il danse. Il nous fait la Volte du Voltage et la Convulsion Convolutée ; la Bourrée Burlesque, la Tarentelle Torride et la Giration Gyroscopique. Il nous danse le Terminus Tijuana Tango…

Je déconnecte les câbles.

Bob la Brute pleurniche, peste, et pisse le sang. Je le rebaptise Rudolph le Renne au Nez Rouge.

Sammy savoure :

— Sacrée soirée !

Frank se contorsionne et couine :

— Maman !

Bob la Brute est à deux doigts de dévisser son billard. Je ne peux pas le tuer tout de suite.

Il a un rôle à tenir dans ma tactique — le plan Pedro Pimentel.

Je lui demande :

— Raconte le reste.

Bob la Brute se siphonne les sinus sur le sol et soulage ses muqueuses d'une morve melliflue. Il s'éloigne de moi et largue ses révélations larghetto :

— Linda Lansing fait chanter les politicards de Los Angeles avec l'aide de Dot Rothstein. C'est Pedro Pimentel — le chef de la police d'ici — qui les finance. Le Mex qu'on a flingué au parking, c'était le petit frère de Pedro. Il faisait la taupe au *Dining Car* — mais ça, je ne le savais pas. Il y a plein d'avocats et de politiciens qui déjeunent au *Dining Car*, et ils parlaient librement devant lui parce qu'ils pensaient que Juan ne comprenait pas l'anglais. Et Miller Leavy a récolté plein d'informations grâce à lui. Getchell, espèce de salopard… C'est toi qui as monté le coup du sac de shit dans la chiotte qui a tout fait foirer… Et Frank nous a mis dans la merde en insistant pour qu'on te file une correction au *Dining Car*… Et je ne sais pas où est Linda… Et Dot et elle fricotent toutes sortes de coups pas clairs… Et tout ça a commencé parce qu'on ne voulait pas que Linda déballe ce qu'elle avait sur Frank… Et je suis venu ici pour te mettre hors circuit, et rattraper le coup avec Pedro parce qu'on a tué par accident son putain de frelot, et… et… et on a tr… tr… tr…

Sa transmission traumatisée se traîne dans les trilles. Il s'évanouit, K.-O. à cause du contrecoup.

Il ne savait pas que Linda Lansing donnait maintenant dans le vol organisé. Il ne présentait pas Linda comme une voleuse pressée de ramasser des millions en manteaux de vison. Il refusait de révéler le juteux secret qui me turlupinait :

Frankie le Frénétique et Barb la Barbare.

?????

Frankie le Frénétique se contorsionne et couine :

— Maman !

Ses yeux brouillés sont bleus et dilatés par le diéthylamide.

Sammy pavoise :

— Au poil !

Frank Sinatra :

Décidément déstabilisé. Tous cordons coupés et complètement à la masse, du Mexique jusqu'au Massachusetts.

Il gémit pour réclamer sa Môman. Il miaule

après son mentor mafieux « Momo » Giancana. Il tambourine son traversin et en appelle à Raymond Patriarca, le salaud sans pareil de La Cosa Nostra.

Sammy le torture et le tourmente. Sammy le soumet au supplice pour les saloperies qu'il lui a fait subir. Sammy le rabaisse ; il lui rappelle que toutes ses femmes l'ont trompé, préférant l'amour brutal et blasphématoire de leurs amants noirs. Frank gémit : « Maman ! » et adresse des suppliques papistes au pape Pie.

Je fais un saut jusqu'au Club Diablo. Je descends des *Dos Equis* et j'achète des photos léchées de coïts bestiaux avec des bourricots. Un cuistot me concocte des en-cas à emporter : des carnitas à la chair de chat. Un éleveur de bourricots me donne le numéro privé de Pedro.

J'appelle le Tojo tacophile de Tijuana. Je lui fais savoir que j'ai les fourrures de Sobel. Je l'allèche avec une bonne nouvelle : j'apporte dix fois la part promise par Linda Lansing. Tojo me donne rencard le jour d'après. Je lui dis que je viendrai le voir dans son camp d'esclaves pour lui remettre ma montagne de manteaux. Il promet qu'il pèsera la pile de peaux et me passera un paquet de pognon.

Je retourne mollement au motel. Frank gémit toujours : « Maman ! » Sammy se prend pour le Marquis de Mau-Mau. À coups de botte, je balance Bob la Brute dans la salle de bains et lui donne à claper mes carnitas à la chair de chat. Il se jette dessus comme un crevard carnivore. Je ne veux pas qu'il crève. Il faut que je le refile à Tojo avant qu'il se dédouane pour la mort de Pancho le Pédophile.

Je mets le cap sur la Lincoln lilas et j'allume la radio. Je localise une station de L.A. et tombe pile sur un bulletin. Rien de neuf : pas un mot sur le massacre sous le manteau ni la lacération de Linda Lansing. Mon opinion : les potes de Bob la Brute dans la police de Beverly Hills ont décidé d'étouffer tout ça. Je peux encore me sortir du pétrin en arrosant les gens qu'il faut et tirer ma révérence avec un gros tas de fric.

L'air néfaste de la nuit me malmène les méninges. Un argument spécieux de mon hypothèse menace de céder, liquidant la logique de mon analyse sur l'affaire Linda Lansing. Ma cervelle s'échauffe. Mon raisonnement a des ratés. Je suis incapable de concocter une contradiction en contexte.

Je médite dans la morbidité. Je tripote la radio et retrouve la sérénité avec Sibélius. Je me représente un monde parfait.

Je délivre mes deniers à Dot Rothstein et je rachète mes errements. Je pousse jusqu'au Paraguay et je me paye un palais et quelques péons. J'institue la servitude par contrat. Je m'établis et me fais appeler El Jefe. Je lance *L'Indiscret* en espagnol — *El Indiscreto*. El Presidente Stroessner l'Oppresseur me soutient solidement. Je diffame les démons démocrates qui s'emploient à sa perte. Je les couvre de calomnies dans un pays où la législation ne punit pas la diffamation. Dans mes écrits, je lacère les Latins libidineux et je conchie ces connards de cocos. Je me prévaux de mon anticommunisme primaire. Je fricote avec des nazis nerveux assimilés à Asunción. Je saute leurs filles mi-latino, mi-nordiques, résolument métisses et remarquablement ravissantes. Je repère une Hilda qui semble faite pour moi. Elle réduit mon cœur en cendres. Notre nid d'amour, je le lui bâtis : un Berchtesgaden paraguayen. Nous procréons toute une portée de petits Getchell malins. Pour leur premier anniversaire, je leur donne un dodu dictionnaire — de synonymes, tiens !

Oooh, oooh ! Mon utopie à moi, elle me plaît bien !

Je me rebarre au bungalow. Je fixe Frigidaire Frank…

Aux anges, l'air absent, benoîtement béat, il sourit, serein. Ses yeux bleus brasillent, illuminant les fibres de son costume genre peau de requin. Il s'incline et nous donne sa bénédiction.

— Je vous pardonne vos erreurs, car je suis allé au sommet de la montagne. Je suis le chemin, je suis la vérité, je suis la vie. Venez avec moi et vous ne serez plus jamais seul.

Sammy m'explique :

— Cette saloperie d'acide a merdé. L'autre connard se prend pour Jésus.

6

Le Buchenwald burritofié de Tojo :

Cinq terrains de foot sous un toit de taule aplati comme une tortilla. Un aimant qui concentre la canicule au milieu d'une mesa massive. Neuf cents niños cuits par les coups de soleil. Des enfants au regard fiévreux amenés de force pour coudre des couvertures, débiter de la dentelle, tailler de la tôle et bricoler des bibelots en fer-blanc destinés aux guignols qui guignent les bourricots dans les shows zoophiles. Du travail pour tourneurs, pour tisserands, et pour teinturiers. À faire plier en deux sans pouvoir s'asseoir. Des esclaves enclavés à leurs emplacements, sur cinquante rangées où rôdent des brutes armées d'un nerf de bœuf et d'une mitraillette bulgare.

Des gourbis pour gamins dans le style bidonville. Des cabanes en carton — avec les compliments de Carl's TV à Carlsbad, Californie.

En face de la mesa des malaimés :

Une Maison-Blanche miniature, à l'échelle 1/10e, bordée de barbelés.

Une réplique rigoureuse. Des éléments extérieurs exquis. Une pelouse opulente qui donne tout droit sur Esclaveville.

La pelouse sert aussi de parking non pavé. Je me gare derrière une Mercury mexicanisée et une Lincoln latino. Je me sens dans une forme fabuleuse et suis d'humeur allègrement belliqueuse. Tojo a hissé un drapeau. Son petit Lucifer libidineux est paré de passementeries polychromes. Je lui lance un salut salace.

L'endroit ne manque pas de mouvement ; on s'y dépense avec dynamisme.

Un buffet bonnard borde la barrière en barbelé. Les cravaches claquent comme des coups de feu. Des muchachos mutilés se lamentent et miaulent : « Mamacita ! » Des gardes-chiourmes en chemises noires paressent sur la pelouse et plantent leurs crans d'arrêt dans le gazon.

Je descends de la camionnette. J'en extirpe Bob la Brute en le tirant par les cheveux. Sammy façonne une montagne de manteaux et la pose sur la pelouse. Le Jésus du Juke-Box, pieds et poings liés, muselé, est momifié dans un manteau de martre. Il peut souffrir et suffoquer. Il peut végéter dans la voiture. Il n'a pas sa place dans mon plan.

Sammy le scelle dans son sanctuaire insonore. Un cyclone de chemises noires s'abat sur le Vésuve de visons. Ils se régalent, ils se roulent dans la fourrure comme des porcs dans le purin. Ils massacrent de la martre, ils salivent sur du sconse. Ils pétrissent, ils salissent, ils mâchouillent du chinchilla de choix.

Une silhouette s'abat sur la montagne de manteaux et l'ombre qu'elle projette rafraîchit l'atmosphère. Pedro Pimentel — le Tojo de la tortilla, le Mussolini du chili.

Un Mex magistral. Un tyran tout en noir à la gueule grêlée et aux dents gâtées. Un brutal botté qu'il ne faut pas chatouiller.

Il lance :

— Stop !

Les tortionnaires turbulents mettent un terme à leurs turpitudes et se rangent au garde-à-vous.

Tojo se tourne vers moi.

— Monsieur Getchell ?

Je réponds :

— En chair et en os.

Je lui amène Bob le Brutal en le traînant par la tignasse.

— C'est lui qui a tué votre jeune frère. Je vous l'offre. C'est un cadeau pour marquer notre rencontre.

Bob la Brute se met à braire et supplie qu'on lui laisse la vie. Pimentel pointe un pistolet et lui plante un pruneau dans la glande pinéale. Son doigt déprime encore cinq fois la détente et lui désherbe le cuir chevelu.

— Super ! susurre Sammy.

Pimentel remballe son revolver.

— Vous ressemblez à ce chanteur américain, Sammy Davis Junior.

J'interviens :

— Je vous présente « El Negrito ». Il est tueur à gages pour une mafia nègre du sud de Los Angeles.

Sammy demande :

— Ça boume, El Jefe ?

Pimentel lui tapote la panse.

— Une ressemblance remarquable. Venez, je vais vous faire visiter avant le déjeuner.

On traverse comme une tornade la Maison-

Blanche miniature. La façade est fascinante et fidèle au plan de nos pères fondateurs. L'intérieur est luxueusement latin et d'un révisionnisme rafraîchissant.

Les carrées ressemblent aux réduits de la Route 66. Jefe héberge ses hermanos façon bétail. Ils s'empilent sur des lits superposés par paquets de six, parés de peintures pornographiques. Des dobermans et des dingos parcourent les couloirs et défèquent douloureusement.

Les chiens crèchent dans la chambre de Lincoln. Les portraits de Lincoln ont été peints par Pedro Pimentel. El Jefe a altéré Abe ; il l'a métamorphosé en Mex manœuvrant une Mercury.

La chambre des chiens s'ouvre sur le bureau ovale. Le petit Lucifer lubrique nous lorgne depuis une tenture lavande luxueusement tissée. Un molosse massivement monté cheville un chihuahua tout mâchouillé. Un pékinois pisse sur les papiers de Pedro Pimentel.

La chambre rose sert de stalle aux stars des classiques numéros du Club Diablo. Vise un peu les fabuleux tas de foin ! L'abreuvoir agencé en trois alvéoles, comme la trique en trident du diablotin ! Les baudets qui coincent paisiblement la bulle, à l'heure du repos postcoïtal !

La chambre de Roosevelt est une armurerie. Elle s'articule à angle droit avec celle de John Adams. C'est le repaire privé de Pedro Pimentel.

Un plancher floqué en fausse fourrure. Des murs drapés d'écrans pour y projeter des pornos à faire bander comme un bouc. Les peintures du président, signées El Jefe :

Abigail Adams sur la douairière gougnotte Eleanor Roosevelt. Pat Nixon qui suce Franklin Roosevelt — raide défoncé dans son fauteuil roulant.

Oooh, oooh ! Sauvez-moi de ce pittoresque Picasso !

On ressort pour se rendre au buffet, près des barbelés. On festoie sous les yeux des esclaves en bas âge. El Negrito et moi encadrons El Jefe. Des sbires boursouflés déboulent pour nous rejoindre.

Les montagnes de manteaux mijotent au soleil. Des mouches fondent sur les fourrures et puis filent illico. Un nervi négligé m'apporte 500 000 picaillons dans une poche en putois. Je parle à Pimentel de mon plan pour partir au Paraguay en quête du paradis. Il me promet qu'il dira un mot pour moi à Stroessner l'Oppresseur.

Nous mangeons à l'aide d'ustensiles uniques. On débite le navarin au navaja, on tranche les tortillas au coutelas. On attaque les ris de veau à la rapière, on pèle des pommes au poignard. Par-dessus les barbelés, on balance des bribes de bouffe aux bambins. Les esclaves se ruent sur les rognures et s'étripent pour la moindre entame. Les nervis les tannent au nerf de bœuf pour qu'ils retournent au turbin.

El Jefe pontifie — il parle de sa petite personne. Il explique ses escroqueries comme un historien hystérique. Il divulgue les détails de ses chantages et confie qu'il conserve les documents compromettants dans les caves du Club Diablo. Il chante les louanges de Dot Rothstein et ne tarit pas d'éloges sur Linda Lansing. Il dit qu'il *adorerait* tringler Linda la prochaine fois qu'il ira à L.A. Il aimerait *beaucoup* enfiler Joi aussi.

Mes ondes cérébrales s'enfièvrent, se hérissent, et accouchent d'une connexion contradictoire.

Joi Lansing — lacérée en lanières dans l'antre de Linda à L.A. Mon hypothèse : Tojo a envoyé deux bouffeurs de tacos pour torturer Linda et récupérer sur place QUELQUE CHOSE de précieux. Les Mex ne parlaient pas l'anglais. Les tortionnaires se sont trompés de tête de turc.

Mais…

À en croire Tojo, il *adorait* Linda. Il *adorerait* l'adorer ENCORE. Comme s'il ne savait pas qu'elle s'était censément fait la malle, lardée comme un gigot. Il dit qu'il aimerait *beaucoup* enfiler Joi — comme s'il ne savait pas qu'on l'avait étripée par erreur.

Ce qui prouvait que le QUELQUE CHOSE de précieux devait se trouver QUELQUE PART.

?????

On sectionne nos steaks avec nos stylets. On ouvre nos huîtres avec nos eustaches. On porte un toast à Tojo. On lève nos verres pour une sinistre liste de dictateurs et de despotes. Tojo fait tournoyer un porte-clés orné d'un petit diable — qui éveille un écho précis dans mon esprit.

On porte un toast à Batista le Bandit. À Perón le Patriarche. Une chemise noire bondit brutalement dans ses bottes et blêmit du brun franc au blanc brillant.

Il dit :

— Ré-sus Christo.

Des échos éthérés s'élèvent derrière les barrières de barbelés. Les pauvres petits répètent :

— Ré-sus Christo.

— Ré-sus Christo.

— Ré-sus Christo.

Les murmures se muent en accents d'adoration. Les mécréants en chemises noires mettent fin au moment de grâce par une synergie synchronisée. Je me lève, interdit, intrigué par un parfum d'encens qui me semble tellement Frank.

Le Jésus du Juke-Box. Re-ressuscité, en Rayban et chemise blanche éblouissante. Remoumouté, royal en mocassins croco, avec une couronne d'épines démente bricolée avec du barbelé, des bidules, et des machins de la Maison-Blanche.

Il vient vers nous. Il agite l'autoradio qu'il a carotté dans la camionnette. L'« Ave Maria » accapare l'atmosphère — extrait des « Succès éternels » de la Chorale chrétienne de Craig Crawford.

Il vient vers nous. Il exsude une énergie extrême. Le Jésus du Juke-Box dame le pion à Dieu au salon Galilée de Las Vegas. Il glisse sur le gazon en mocassins croco et par moments décolle, comme en lévitation.

Il zigzague, il slalome, et vient toujours vers nous. Il gigote sur le gazon gras. Il gazouille :

— Je vous accorde la liberté !

Neuf cents petiots perdent les pédales. Ils s'élancent — marqués par les stigmates, excités par le Saint Esprit.

Ils mutilent les matons. Ils les étripent à l'aide des outils avec lesquels ils triment. Ils les massacrent au marteau et les lacèrent avec des cisailles à tailler la tôle. Ils les trouent, ils les transpercent avec leurs tirs de mitraillettes. Ils abattent la barrière de barbelés comme de brutaux barbares. Ils en ressortent ravagés comme par mille rasoirs, mais avec l'indifférence des idolâtres.

Sammy demande :

— T'as vu ça ?

La clôture décolle et retombe sur la table du buffet. Deux douzaines de chemises noires s'écroulent, fouettés par les fils de fer, les barbelés plantés dans les balloches. Tojo n'en perd pas une miette. Il reste planté, puissamment pétrifié. Il pose son pistolet contre ses dents et presse la détente. Je me faufile entre les fils de fer qui fouettent l'air et je lui fais les fouilles. Je pique le porte-clés orné d'un petit diable.

Les rafales de mitraillettes traversent la table et la découpent en copeaux. De la poche en putois, il n'y a plus que des parcelles de peau. Mon demi-million est brûlé par les balles, réduit en confettis, dévalué à une micro-décimale par dollar.

Je cours jusqu'à la camionnette. Sammy me rejoint *rápido*. Des muchachos constellés de stigmates, brandissant leurs mitraillettes vers le ciel, éliminent les esprits malfaisants. Un groupe gravite vers la montagne de manteaux. Mes fabuleuses fourrures sont foutues, mises en pièces par les balles perdues.

— T'as vu le travail ! siffle Sammy.

Je pars à la recherche de Sinatra le Sauveur. Je l'aperçois, chemise blanche et lunettes noires, qui se dandine en douceur. Il affiche un sourire satisfait et tête une cigarette. Pas de doute : il est bel et bien re-ressuscité, et complètement cooooooool.

7

J'ai perdu mon fric et mes fourrures. Mon compère psychopathe a succombé au Sauveur et s'est re-Sambofié en se réincarnant.

Je reste l'hérétique de *L'Indiscret*. Je me transporte jusqu'à Tijuana. Je laisse le Jésus du Juke-Box et son Jean-Baptiste de la jungle à leur Golgotha au rabais. Frank délivrait le Sermon sur la Montagne mexicaine. Problemo ! Neuf cent niños qui font : « No comprendo ! » Pas question qu'ils pigent quoi que ce soit à *Fous-moi des coups, Loulou* ni à *Chérie, tu me coupes l'appétit*.

Il faut que je vous dise, distinctement :

Ça ne changeait rien de rien. Ce salopard était un ensorceleur, capable d'entraîner neuf cents nistons dans un vrai carnage.

Je me dirige vers le Club Diablo. Je case ma camionnette près d'une stalle à bourricots et me plante devant la porte de la cave. J'essaie les clés de Tojo. La deuxième séduit la serrure et me sert de sésame.

Je referme derrière moi. Je trouve un interrupteur et donne de la lumière. Un long passage mène à un souterrain incrusté de crasse.

Le passage sent la cordite et la soude caustique. Je tousse. J'aperçois des ossements, des touffes de cheveux dans un entassement solidifié. Des gouttes de sang décorent les murs, d'où se décollent des lambeaux de peau.

La chambre des tortures de Tojo.

Silence absolu au-dessus de moi. Pas de débordements démentiels des mateurs amateurs de bourricots. Le club doit être bouclé. Les factotums de Tojo ont dû avoir vent du coup d'État au Golgotha.

Je progresse avec précaution. Je m'insinue dans le souterrain. J'esquive des squelettes, je crapahute entre des scalps calcinés. Je m'échine pour m'introduire dans un autre passage pavé d'ossements.

Je pile devant une porte pleine de poussière. Avec mes clés, je ramone la serrure rouillée. La troisième parvient à repousser le pêne. Je tombe sur une trouée pareille à un tunnel.

Des étagères qui s'étendent du plancher au plafond. Bourrées de boîtes à films. Des bandelettes sur le bord des boîtes : elles portent des dates inscrites en capitales.

Vissée au mur du fond, une visionneuse de ciné aux engrenages rouillés.

Les boîtes s'empilent par ordre chronologique. Les dates remontent jusqu'à 1936. C'est par là que je commence ; mon regard passe de planche en planche.

Je tombe sur le 9 mars 53. La date me trouble. La tête me tourne. Ma mémoire m'envoie un message : le meurtre de Mabel Monahan.

Je sors la bobine de sa boîte. Je la fixe sur la visionneuse et glisse l'amorce sous la platine. Je colle mon œil à l'oculaire. Je m'extasie aux ébats tripartites du trio suprême :

Frank le Fréon Sinatra.

L'Avide Ava Gardner.

Barbara la Barbare Graham.

Un tournage furtif pour un chantage massif. Document détonant pour extorsion extrême. Les éléments brûlants d'un racket en grand.

Je manie la manivelle et fais avancer le film. Je suis entre les draps des trois stars palpitantes et succombe à leur envoûtement. Je propose un pardon posthume pour Barb la Barbare.

Ce n'est pas elle qui a tué Mabel Monahan. Pour le 9 mars 53, Barbara avait un alibi à trois étoiles — ce que Linda Lansing a appris. Linda a fait pression sur Frank le Fréon, le forçant à la lancer à grand renfort de pots-de-vin. Bob la Brute et Dot la Diabolique — de mèche avec le Procureur Pervers Miller Leavy dans l'affaire Graham. Barbara : condamnée par un procureur qu'a contaminé le contenu d'un court-métrage. Qualifions ce cas de cause célèbre — le film pouvait faire des magistrats la risée de L.A. — et c'est pour cette raison, parce qu'elle risquait de ruiner sa réputation, que Leavy a sabordé l'enquête sur les pots-de-vin.

TOUT s'imbrique et s'explique. Un singulier message s'adresse à mon esprit. C'est, disons, le Sermon sur le Mont Monahan.

Barb la Barbare : une madone martyrisée.

Qui a refusé de livrer Frank le Frigide et l'Avide Ava pour s'assurer un alibi. Qui est morte par déférence envers la déité confirmée sur le Golgotha au rabais.

Qui s'est laissé condamner pour ne pas être le Judas du Jésus du Juke-Box.

8

Le coup d'État de la marmaille mexicaine a viré coco. Les flics décident de l'étouffer vite fait.

Je rafle cinq bobines de films et je traîne dans Tijuana pour retrouver Jésus et le Jean-Baptiste de la Jungle. Je croise quelques échauffourées et rencontre la révolution rouge qui bat en retraite.

Des muchachos émoussés par la malnutrition broient du noir sur le boulevard. Ils braillent et bafouillent des slogans de gauche. Ils trimbalent des mitraillettes sans munitions et croulent sous leur poids — pauvres petiots dépités qui ont tout perdu à la Maison-Blanche de Tojo.

Affamés, flapis, ils titubent, ils chancellent, et raflent la moindre miette qui traîne sur une assiette. Ils fustigent le laxisme des lois sur le travail, ils stigmatisent l'esclavage. Ils lancent des lazzis aux soldats et aux marins. Ils s'opposent à l'Oncle Sam. Ils prodiguent leur propagande aux prostituées. Ils célèbrent et critiquent les caïds qui ont fait la force du Mexique. Ils se vident à faire vivre leurs vitupérations, ils tarissent leur rancœur rouge. Un par un, ils tombent sur le tarmac, terrassés par une insolation.

Les flics du coin laissent les mômes s'époumoner, épuiser leur énergie. Ils se refusent à les maltraiter, à les massacrer, à en faire des martyrs. Ils préfèrent la manière de cet enfoiré de Martin Luther King. Ils opposent une résistance passive et ils empilent les morpions dans leurs paniers à salade. Le successeur de Pedro Pimentel allait superviser leur rigoureuse rééducation.

Ils avaient succombé à Sinatra en un moment magique de méprise sur la personne. Ils ne pouvaient poursuivre leur subversion sans lui.

Je dis *vaya con dios* à la camionnette Carter et je libère la Lincoln lilas de Sinatra. Je cours les clandés les plus sélects, je fréquente les frontons de pelote mexicaine, je hante les arènes, je cavale aux corridas. J'aperçois Sambo et le Sauveur au Salamander Club et j'y entre, incité par mon instinct hypocrite.

Frank paraît frais comme le fréon et carrément non chrétien. Ses cérémonieuses salutations :

— Getchell, espèce de saloperie, qu'est-ce que tu fous ici ?

Sammy m'emmène aux toilettes pour hommes et me commente cette métamorphose à l'envers.

Frank a fini par tourner de l'œil sur la montagne de manteaux. Il s'est réveillé, complètement dévapé, se demandant où il était. Ses souvenirs s'arrêtaient à L.A. et à la maldonne mortifère. Il ne se souvenait pas de sa re-résurrection ni de son atavisme suscité par l'acide. Il était à cran — et il y avait de quoi — à cause de mon article sur l'affaire des pots-de-vin. Sammy m'explique qu'il a endoctriné cet enfoiré. Le passé est le passé, retournons à L.A.

La conclusion confondante de Sammy :

— Frankie, c'est *vraiment* le Christ, Danny. Tu t'imagines, je le sais, que tout ça est arrivé à cause d'une réaction bizarre de son shoot d'acide, mais c'est faux. Je suis de nouveau avec lui, à présent, et je serai toujours à ses côtés. Et, Dieu merci, il ne sait pas que je l'ai trahi.

On fonce vers la frontière. On écluse du Cuervo au goulot en mordillant des citrons acides. Sammy, re-Sambofié, fait le chauffeur. Il conduit et lance des plaisanteries. Je rêvasse et fais fi de ses niaiseries christiques.

Je n'en ai plus rien à foutre de Frank, le farfelu fêlé. J'ai le film de la partie fine du 9 mars 53. J'en ai même embarqué quatre autres. J'ai le gouverneur Goodwin J. Knight et sa nurse nègre. J'ai Diana Dors et le débile qui lui apporte ses pizzas. J'ai Dan Dailey et ses camarades qui font la ronde à la queue leu leu. J'ai Mickey Mantle et Marilyn Monroe dans les toilettes pour hommes du Mocambo. Et ces bobines dans mon cabas casé dans le coffre, c'est le PACTOLE.

Frank tutute de la tequila, suce des citrons, et m'éblouit avec ses yeux bleus. Ça me défrise et ça froisse mon ego. Je réplique en braquant mes yeux bruns en boutons de bottines. Nos ondes cérébrales se hérissent et se téléscopent télépathiquement.

Frank trotte dans ma tête. Il crapahute dans mes crevasses crâniennes et court-circuite mes neurones au câblage névrosé. Il me vandalise verbalement. Il me démolit à coups de dictionnaire et allitère avec alacrité. Des éclairs illuminent littéralement l'espace qui sépare nos deux fronts, libérant de terribles coups de tonnerre. Nos synapses en syncope roussissent les sièges sur lesquels nous sommes assis. Nous communiquons dans le confinement de notre capsule d'espace-temps. Sammy, Samboïsé, reste présent sans rien voir ni entendre.

Frank me Freudifie et incise mon inconscient. Je lui narre mon enfance de merde à Mechanicsburg, Ohio. Nous échangeons des cargaisons de commisération. En contrepoint de mes problèmes de puberté, il me confie les siens. Je m'infériorise et je flagorne. Nous négocions un pacte de non-agression. J'affirme que jamais je ne le mettrai à mal dans *L'Indiscret*. Frank se Freudifie et incise son propre inconscient. Il avoue — renversante révélation ! — son amour pour Barbara la non-barbare Graham.

Frank était épris — éperdument, jusqu'à l'égarement — de l'abominable Ava. Tous les trente sexes du mois, Gardner aimait goûter aux gâteries des gougnottes. Hubert Humphrey les branche sur Barbara, la brûlante beauté bisexuelle. Le trio concrétise le 9 mars 53. La douce diva le détourne d'Ava tandis qu'ils mêlent leurs membres sur un luxueux lit lilas.

Frank capitule. Il se condamne de son plein gré à la captivité. La Graham le gratifie de trois mois de félicité. Il laisse en plan l'avide Ava et leur lit lilas. Les feuilles de chou se gourent du tout au tout et clament que c'est *Ava* qui plaque Sinatra. Les flics se gourent itou et coincent la Barbara pour assassinat. Comme un fou, Sinatra se démène pour la tirer de là.

Barbara intervient, lui interdit de parler. Elle affirme qu'un alibi pareil coulerait Frank à jamais, le privant de l'univers qu'il adore et sur lequel il règne en maître. Sa mort à *elle* ne leur ôterait rien. Elle possédait des pouvoirs prodigieux ; elle pouvait en user à son aise et le déifier au-delà de son charisme catastrophiquement cool.

Rendez-vous compte :

Elle est morte. Elle l'a fait.

Le doute me taraude. Mon scepticisme d'échotier ne se laisse pas étouffer, il s'exprime par transmission de pensée. Frank me télépathise un argument cinglant :

Tu n'as pas encore compris qui je suis, petit ?

Je cafouille, je gribouille une réplique psychique :

Seigneur, je n'en suis pas sûr.

Frank fait claquer ses doigts. Le coffre de la voiture vibre et s'arrache à la Lincoln lilas. Mon cabas en surgit et tombe sur le trottoir. Deux muchachos miteux se matérialisent et s'en approchent sans se presser.

Frank dit :

— Ceci est mon univers. Même Dieu sait cela.

L.A. paraît pâlotte après la torride Tijuana. Je pars vers le repaire de Linda Lansing et j'y pénètre grâce à la clé de Liz Scott.

Pas de sang. Pas de tas d'asticots. Pas d'impudent corpus delicti. Pas de salon salopé, massacré à en être méconnaissable.

Dot Rothstein embobelinée dans un boubou pour malabar. La NOUVELLE Joi Lansing lovée lesbiennement dans son giron.

Un titre qui se détache d'un tas de *Tribune* flanqué près de leur fauteuil :

LA CHANTEUSE LINDA LANSING DÉCOUVERTE DANS LES COLLINES DE HOLLYWWOD. LA DÉCOMPOSITION EMPÊCHE LE MÉDECIN LÉGISTE DE SE PRONONCER SUR LA CAUSE DU DÉCÈS.

Les greluches gloussent. Elles me lorgnent looooooonguement. La Lansing survivante se passe la langue sur les lèvres pour en ôter des miettes.

J'annonce :

— Je n'ai pas les cinquante mille dollars. Ça s'est mal passé, au Mexique.

Dot enfonce sa cuiller dans une coupe de glace et broie des bouts de chocolat.

— Frank t'a arrangé le coup. Il a appelé Miller Leavy pour lui dire que tu étais régulier. Miller a demandé à la police de Beverly Hills de cesser les recherches et de mettre le vol de fourrures sur le dos de Louie Sobel. Pour eux, les deux braqueurs que vous avez tués n'ont jamais existé.

La VRAIE Linda Lansing tripote une tartelette. Elle a accumulé quelques kilos de gras pour incarner sa replète sœurette. La table basse est couverte de pâtisseries, de miettes de macaron et de boîtes de biscuits.

J'accuse :

— C'est vous qui avez tué Joi. Vous étiez mouillées bien trop gravement avec beaucoup trop de gens, et il vous fallait un moyen de vous en sortir. Vous avez loué cette maison pour y mettre en scène l'assassinat. Vous avez tout saccagé pour faire croire que les meurtriers cherchaient quelque chose. Puis je suis arrivé et j'ai vu le cadavre. Alors, vous avez décidé de le larguer dans les collines pour masquer la cause de la mort.

Dot se jette comme une bombe sur un beignet replet.

— Parle-nous d'argent, Danny. On t'attendait, et on sait que tu n'es pas venu ici pour nous faire la morale.

Je dis :

— Argent.

Dot baigne son beignet dans un café au Cointreau.

— Il a dit : « Argent ».

Lansing tranche une brioche et la trempe dans la Bénédictine.

— Il n'y a aucun doute.

J'ordonne :

— Assez joué les comiques, les copines.

J'articule ma réplique à la Frigidaire Frank au plus fort de son ère glaciaire.

Dot tire de son sac un tas de tirages et le balance vers moi. Je le saisis au vol et je me prends les pieds dans un nouveau guêpier.

Danny Getchell — définitivement foutu par la faute de quelques photos.

Je fais l'amour avec l'ennemie intime de *L'Indiscret* — Helen Gahagan Douglas, la pulpeuse porte-parole de la gauche à L.A. Je tire une mineure dans les toilettes du lycée. En pleine extase, me voici emmêlé avec Ethel Rosenberg — quelque part à Traîtreville. À l'apogée de ma ventripotence, je suis terré dans un trou avec Hattie McDaniel. Abruti par l'alcool, libidineux, je lorgne Lassie et son lascif compagnon de litière. Je suis rond comme un bille dans un bar ambigu. Complètement pété sur une paillasse putride. Une poulette malpropre me pompe le pontife. MERDE ! C'est un travelo traîne-lattes attifé comme une odalisque !

Dot trempe son pet-de-nonne et me douche au John Donne :

— Ne me demande pas pour qui sonne le glas, car il sonne pour toi.

Je tombe à genoux, de tout mon poids. Je me concentre sur une contre-attaque karmique. Je ne parviens pas à en concocter une.

Je geins et je gémis. Je rampe et me répands. Je sanglote, me lamente, je tombe dans un abîme d'avilissement.

Une lueur blanche envahit les lieux. Je me lève d'un bond dans un rayon radieux. La voix de Sinatra sort d'un vieux Victrola enfermé dans ma tête. Elle vibre en moi, comme une victoire.

Je jure de relever le gant. Je continuerai mon règne au royaume du clinquant.

Rivages/noir

Joan Aiken
Mort un dimanche de pluie (n° 11)
André Allemand
Au cœur de l'île rouge (n° 329)
Robert Edmond Alter
Attractions : Meurtres (n° 72)
Claude Amoz
L'Ancien Crime (n° 321)
Jean-Baptiste Baronian
Le Tueur fou (n° 202)
Cesare Battisti
Dernières cartouches (n° 354)
William Bayer
Labyrinthe de miroirs (n° 281)
Marc Behm
La Reine de la nuit (n° 135)
Trouille (n° 163)
À côté de la plaque (n° 188)
Et ne cherche pas à savoir (n° 235)
Crabe (n° 275)
Tout un roman ! (n° 327)
Tonino Benacquista
Les Morsures de l'aube (n° 143)
La Machine à broyer les petites filles (n° 169)
Bruce Benderson
Toxico (n° 306)
Stéphanie Benson
Un meurtre de corbeaux (n° 326)
Pieke Biermann
Potsdamer Platz (n° 131)
Violetta (n° 160)
Battements de cœur (n° 248)
Michael Blodgett
Captain Blood (n° 185)

Michel Boujut
Souffler n'est pas jouer (n° 349)

Daniel Brajkovic
Chiens féroces (n° 307)

Wolfgang Brenner
Welcome Ossi ! (n° 308)

Paul Buck
Les Tueurs de la lune de miel (n° 175)

Yves Buin
Kapitza (n° 320)

Edward Bunker
Aucune bête aussi féroce (n° 127)
La Bête contre les murs (n° 174)
La Bête au ventre (n° 225)
Les Hommes de proie (n° 344)

James Lee Burke
Prisonniers du ciel (n° 132)
Black Cherry Blues (n° 159)
Une saison pour la peur (n° 238)
Le Bagnard (n° 272)
Une tache sur l'éternité (n° 293)
Dans la brume électrique avec les morts confédérés (n° 314)
La Pluie de néon (n° 339)

W.R. Burnett
Romelle (n° 36)
King Cole (n° 56)
Fin de parcours (n° 60)

Jean-Jacques Busino
Un café, une cigarette (n° 172)
Dieu a tort (n° 236)
Le Bal des capons (n° 278)
La Dette du diable (n° 311)
Le Théorème de l'autre (n° 358)

Daniel Chavarría
Adiós muchachos (n° 269)
Un thé en Amazonie (n° 302)

Daniel Chavarría/Justo Vasco
Boomerang (n° 322)

George Chesbro
Une affaire de sorciers (n° 95)
L'Ombre d'un homme brisé (n° 147)
Bone (n° 164)
La Cité où les pierres murmurent (n° 184)
Les Cantiques de l'Archange (n° 251)
Les Bêtes du Walhalla (n° 252)
L'Odeur froide de la pierre sacrée (n° 291)
Le Second Cavalier de l'Apocalypse (n° 336)

Andrew Coburn
Toutes peines confondues (n° 129)

Michael Collins
L'Égorgeur (n° 148)
Rosa la Rouge (n° 267)

Robin Cook
Cauchemar dans la rue (n° 64)
J'étais Dora Suarez (n° 116)
Vices privés, vertus publiques (n° 166)
La Rue obscène (n° 200)
Quand se lève le brouillard rouge (n° 231)
Le Mort à vif (n° 241)
Bombe surprise (n° 260)

Peter Corris
La Plage vide (n° 46)
Des morts dans l'âme (n° 57)
Chair blanche (n° 65)
Le Garçon merveilleux (n° 80)
Héroïne Annie (n° 102)
Escorte pour une mort douce (n° 111)
Le Fils perdu (n° 128)
Le Camp des vainqueurs (n° 176)

Hélène Couturier
Fils de femme (n° 233)
Sarah (n° 341)

James Crumley
Putes (n° 92)

Mildred Davis
Dark Place (n° 10)
Jean-Paul Demure
Milac (n° 240)
Fin de chasse (n° 289)
Les jours défaits (n° 351)
Jean-Claude Derey
Black Cendrillon (n° 323)
Pascal Dessaint
La vie n'est pas une punition (n° 224)
Bouche d'ombre (n° 255)
À trop courber l'échine (n° 280)
Du bruit sous le silence (n° 312)
Thomas Disch/John Sladek
Black Alice (n° 154)
Wessel Ebersohn
La Nuit divisée (n° 153)
Coin perdu pour mourir (n° 193)
Le Cercle fermé (n° 249)
Stanley Ellin
La Corrida des pendus (n° 14)
James Ellroy
Lune sanglante (n° 27)
À cause de la nuit (n° 31)
La Colline aux suicidés (n° 40)
Brown's Requiem (n° 54)
Clandestin (n° 97)
Le Dahlia noir (n° 100)
Un tueur sur la route (n° 109)
Le Grand Nulle Part (n° 112)
L.A. Confidential (n° 120)
White Jazz (n° 141)
Dick Contino's Blues (n° 212)
American Tabloid (n° 282)
Ma part d'ombre (n° 319)
Howard Fast
Sylvia (n° 85)
L'Ange déchu (n° 106)

Kinky Friedman
Meurtre à Greenwich Village (n° 62)
Quand le chat n'est pas là (n° 108)
Meurtres au Lone Star Café (n° 151)
Le Vieux Coup de la sauterelle (n° 197)
Elvis, Jésus et Coca-Cola (n° 264)
Dieu bénisse John Wayne (n° 348)

Samuel Fuller
L'Inexorable Enquête (n° 190)
La Grande Mêlée (n° 230)

Barry Gifford
Port Tropique (n° 68)
Sailor et Lula (n° 107)
Perdita Durango (n° 140)
Jour de chance pour Sailor (n° 210)
Rude journée pour l'Homme Léopard (n° 253)

Alicia Gimenez Bartlett
Rites de mort (n° 352)

David Goodis
La Blonde au coin de la rue (n° 9)
Beauté bleue (n° 37)
Rue Barbare (n° 66)
Retour à la vie (n° 67)
Obsession (n° 75)

James Grady
Le Fleuve des ténèbres (n° 180)
Tonnerre (n° 254)

Russell H. Greenan
Sombres crapules (n° 138)
La Vie secrète d'Algernon Pendleton (n° 156)
C'est arrivé à Boston ? (n° 205)
La Nuit du jugement dernier (n° 237)
Un cœur en or massif (n° 262)

Salah Guemriche
L'Homme de la première phrase (n° 357)

Joseph Hansen
Par qui la mort arrive (n° 4)

Le petit chien riait (n° 44)
Un pied dans la tombe (n° 49)
Obédience (n° 70)
Le Noyé d'Arena Blanca (n° 76)
Pente douce (n° 79)
Le Garçon enterré ce matin (n° 104)
Un pays de vieux (n° 155)
Le Livre de Bohannon (n° 214)
En haut des marches (n° 342)

John Harvey
Cœurs solitaires (n° 144)
Les Étrangers dans la maison (n° 201)
Scalpel (n° 228)
Off Minor (n° 261)
Les Années perdues (n° 299)
Lumière froide (n° 337)

Vicki Hendricks
Miami Purity (n° 304)

George V. Higgins
Les Copains d'Eddie Coyle (n° 114)
Le Contrat Mandeville (n° 191)
Le Rat en flammes (n° 243)
Paris risqués (n° 287)

Tony Hillerman
Là où dansent les morts (n° 6)
Le Vent sombre (n° 16)
La Voie du fantôme (n° 35)
Femme-qui-écoute (n° 61)
Porteurs-de-peau (n° 96)
La Voie de l'Ennemi (n° 98)
Le Voleur de temps (n° 110)
La Mouche sur le mur (n° 113)
Dieu-qui-parle (n° 122)
Coyote attend (n° 134)
Le Grand Vol de la banque de Taos (n° 145)
Les Clowns sacrés (n° 244)
Moon (n° 292)
Un homme est tombé (n° 350)

Chester Himes
Qu'on lui jette la première pierre (n° 88)

Dolores Hitchens
La Victime expiatoire (n° 89)

Geoffrey Homes
Pendez-moi haut et court (n° 93)
La Rue de la femme qui pleure (n° 94)

Dorothy B. Hughes
Et tournent les chevaux de bois (n° 189)
Chute libre (n° 211)

William Irish
Manhattan Love Song (n° 15)
Valse dans les ténèbres (n° 50)

Bill James
Retour après la nuit (n° 310)
Lolita Man (n° 355)

William Kotzwinkle
Midnight Examiner (n° 118)
Le Jeu des Trente (n° 301)
Book of Love (n° 332)

Jonathan Latimer
Gardénia rouge (n° 3)
Noir comme un souvenir (n° 20)

Michel Lebrun
Autoroute (n° 165)
Le Géant (n° 245)

Christian Lehmann
Un monde sans crime (n° 316)

Elmore Leonard
Zig Zag Movie (n° 220)
Maximum Bob (n° 234)
Punch Créole (n° 294)

Bob Leuci
Captain Butterfly (n° 149)
Odessa Beach (n° 290)

Ted Lewis
Le Retour de Jack (n° 119)
Sévices (n° 152)
Jack Carter et la loi (n° 232)
Plender (n° 258)

Richard Lortz
Les Enfants de Dracula (n° 146)
Deuil après deuil (n° 182)
L'Amour mort ou vif (n° 206)

John D. Mac Donald
Réponse mortelle (n° 21)
Un temps pour mourir (n° 29)
Un cadavre dans ses rêves (n° 45)
Le Combat pour l'île (n° 51)
L'Héritage de la haine (n° 74)

Jean-Patrick Manchette
La Princesse du sang (n° 324)

Dominique Manotti
À nos chevaux ! (n° 330)

John P. Marquand
Merci Mr Moto (n° 7)
Bien joué, Mr Moto (n° 8)
Mr Moto est désolé (n° 18)
Rira bien, Mr Moto (n° 87)

Richard Matheson
Échos (n° 217)

Helen McCloy
La Somnambule (n° 105)

William McIlvanney
Les Papiers de Tony Veitch (n° 23)
Laidlaw (n° 24)
Big Man (n° 90)
Étranges Loyautés (n° 139)

Marc Menonville
Jeux de paumes (n° 222)
Walkyrie vendredi (n° 250)
Dies Irae en rouge (n° 279)

Ronald Munson
Courrier de fan (n° 226)

Tobie Nathan
Saraka bô (n° 186)
Dieu-Dope (n° 271)

Jim Nisbet
Les damnés ne meurent jamais (n° 84)
Injection mortelle (n° 103)
Le Démon dans ma tête (n° 137)
Le Chien d'Ulysse (n° 161)
Sous le signe du rasoir (n° 273)

Kyotaro Nishimura
Petits crimes japonais (n° 218)

Jack O'Connell
B.P. 9 (n° 209)

Liam O'Flaherty
L'Assassin (n° 247)

Jean-Hugues Oppel
Brocéliande-sur-Marne (n° 183)
Ambernave (n° 204)
Six-Pack (n° 246)
Ténèbre (n° 285)
Cartago (n° 346)

Abigail Padgett
L'Enfant du silence (n° 207)
Le Visage de paille (n° 265)
Oiseau de Lune (n° 334)

Hugues Pagan
Les Eaux mortes (n° 17)
La Mort dans une voiture solitaire (n° 133)
L'Étage des morts (n° 179)
Boulevard des allongés (n° 216)
Last Affair (n° 270)
L'Eau du bocal (n° 295)
Vaines Recherches (n° 338)
Dernière station avant l'autoroute (n° 356)

Pierre Pelot
Natural Killer (n° 343)
Andrea G. Pinketts
Le Sens de la formule (n° 288)
Bill Pronzini
Hidden Valley (n° 48)
Bill Pronzini/Barry N. Malzberg
La nuit hurle (n° 78)
Michel Quint
Billard à l'étage (n° 162)
La Belle Ombre (n° 215)
Le Bélier noir (n° 263)
Diana Ramsay
Approche des ténèbres (n° 25)
Est-ce un meurtre ? (n° 38)
Louis Sanders
Février (n° 315)
Budd Schulberg
Sur les quais (n° 335)
Philippe Setbon
Fou-de-coudre (n° 187)
Desolata (n° 219)
Roger Simon
Le Clown blanc (n° 71)
Génération Armageddon (n° 199)
La Côte perdue (n° 305)
Pierre Siniac
Les mal lunés (n° 208)
Sous l'aile noire des rapaces (n° 223)
Démago Story (n° 242)
Le Tourbillon (n° 256)
Femmes blafardes (n° 274)
L'Orchestre d'acier (n° 303)
Luj Inferman' et La Cloducque (n° 325)
Les Standiford
Pandémonium (n° 136)
Johnny Deal (n° 259)

Johnny Deal dans la tourmente (n° 328)
Une rose pour Johnny Deal (n° 345)

Richard Stark
La Demoiselle (n° 41)
La Dame (n° 170)

Richard Stratton
L'Idole des camés (n° 257)

Vidar Svensson
Retour à L.A. (n° 181)

Paco Ignacio Taibo II
Ombre de l'ombre (n° 124)
La Vie même (n° 142)
Cosa fácil (n° 173)
Quelques nuages (n° 198)
À quatre mains (n° 227)
Pas de fin heureuse (n° 268)
Même ville sous la pluie (n° 297)
La Bicyclette de Léonard (n° 298)

Ross Thomas
Les Faisans des îles (n° 125)
La Quatrième Durango (n° 171)
Crépuscule chez Mac (n° 276)
Traîtrise ! (n° 317)
Voodoo Ltd (n° 318)

Jim Thompson
Liberté sous condition (n° 1)
Un nid de crotales (n° 12)
Sang mêlé (n° 22)
Nuit de fureur (n° 32)
À deux pas du ciel (n° 39)
Rage noire (n° 47)
La mort viendra, petite (n° 52)
Les Alcooliques (n° 55)
Les Arnaqueurs (n° 58)
Vaurien (n° 63)
Une combine en or (n° 77)
Le Texas par la queue (n° 83)
Écrits perdus (1929-1967) (n° 158)

Le Criminel (n° 167)
Après nous le grabuge (Écrits perdus, 1968-1977) (n° 177)
Hallali (n° 195)
L'Homme de fer (n° 196)
Ici et maintenant (n° 229)
Avant l'orage (n° 300)

Masako Togawa
Le Baiser de feu (n° 91)

Armitage Trail
Scarface (n° 126)

Marc Villard
Démons ordinaires (n° 130)
La Vie d'artiste (n° 150)
Dans les rayons de la mort (n° 178)
Rouge est ma couleur (n° 239)
Cœur sombre (n° 283)
Du béton dans la tête (n° 284)
Made in Taïwan (n° 333)

Donald Westlake
Drôles de frères (n° 19)
Levine (n° 26)
Un jumeau singulier (n° 168)
Ordo (n° 221)
Aztèques dansants (n° 266)
Kahawa (n° 277)
Faites-moi confiance (n° 309)
Trop humains (n° 340)
Histoire d'os (n° 347)

Janwillem Van De Wetering
Comme un rat mort (n° 5)
Sale Temps (n° 30)
L'Autre Fils de Dieu (n° 33)
Le Babouin blond (n° 34)
Inspecteur Saito (n° 42)
Le Massacre du Maine (n° 43)
Un vautour dans la ville (n° 53)
Mort d'un colporteur (n° 59)

Le Chat du sergent (n° 69)
Cash-cash millions (n° 81)
Le Chasseur de papillons (n° 101)
Retour au Maine (n° 286)
Le Papou d'Amsterdam (n° 313)
Maria de Curaçao (n° 331)

Harry Whittington
Des feux qui détruisent (n° 13)
Le diable a des ailes (n° 28)

Charles Willeford
Une fille facile (n° 86)
Hérésie (n° 99)
Miami Blues (n° 115)
Une seconde chance pour les morts (n° 123)
Dérapages (n° 192)
Ainsi va la mort (n° 213)

Charles Williams
La Fille des collines (n° 2)
Go Home, Stranger (n° 73)
Et la mer profonde et bleue (n° 82)

Timothy Williams
Le Montreur d'ombres (n° 157)
Persona non grata (n° 203)

Daniel Woodrell
Sous la lumière cruelle (n° 117)
Battement d'aile (n° 121)
Les Ombres du passé (n° 194)
Faites-nous la bise (n° 296)

Rivages / Mystère

Charlotte Armstrong
Le Jour des Parques (n° 13)
L'Inconnu aux yeux noirs (n° 15)
Une dose de poison (n° 21)

Francis Beeding
La Maison du Dr Edwardes (n° 9)
La mort qui rôde (n° 12)
Un dîner d'anniversaire (n° 18)

Algernon Blackwood
John Silence (n° 8)

Fortuné du Boisgobey
Le Coup d'œil de M. Piédouche (n° 32)

Jypé Carraud
Tim-Tim Bois-Sec (n° 22)
Le Squelette cuit (n° 25)
Les Poulets du Cristobal (n° 31)

Collectif
La Griffe du chat (n° 28)

F. W. Crofts
Le Tonneau (n° 24)

Amanda Cross
En dernière analyse (n° 23)
Insidieusement vôtre (n° 26)
Justice poétique (n° 27)
Une mort si douce (n° 30)
Sur les pas de Smiley (n° 35)

Mildred Davis
Crime et chuchotements (n° 14)
Passé décomposé (n° 16)
Un homme est mort (n° 20)
Mort de quelqu'un (n° 37)

Michael Dibdin
L'Ultime Défi de Sherlock Holmes (n° 17)

John Dickson Carr
En dépit du tonnerre (n° 5)

Jacques Futrelle
Treize enquêtes de la machine à penser (n° 29)

Edward D. Hoch
Les Chambres closes du Dr Hawthorne (n° 34)

William Kotzwinkle
Fata Morgana (n° 2)

Alexis Lecaye
Einstein et Sherlock Holmes (n° 19)

John P. Marquand
À votre tour, Mister Moto (n° 4)

Kai Meyer
La Conjuration des visionnaires (n° 33)

Thomas Owen
L'Initiation à la peur (n° 36)

Anthony Shaffer
Absolution (n° 10)

J. Storer-Clouston
La Mémorable et Tragique Aventure de Mr Irwin Molyneux (n° 11)

Rex Stout
Le Secret de la bande élastique (n° 1)
La Cassette rouge (n° 3)
Meurtre au vestiaire (n° 6)

Josephine Tey
Le plus beau des anges (n° 7)

Rivages poche / Bibliothèque étrangère

Harold Acton
Pivoines et poneys (n° 73)

Sholem Aleikhem
Menahem-Mendl le rêveur (n° 84)

Kingsley Amis
La Moustache du biographe (n° 289)

Jessica Anderson
Tirra Lirra (n° 194)

Reinaldo Arenas
Le Portier (n° 26)

James Baldwin
La Chambre de Giovanni (n° 256)

Quentin Bell
Le Dossier Brandon (n° 102)

Stefano Benni
Baol (n° 179)

Ambrose Bierce
Le Dictionnaire du Diable (n° 11)
Contes noirs (n° 59)
En plein cœur de la vie (n° 79)
En plein cœur de la vie, vol. II (n° 100)
De telles choses sont-elles possibles ? (n° 130)
Fables fantastiques (n° 170)
Le Moine et la fille du bourreau (n° 206)

Elizabeth Bowen
Dernier Automne (n° 265)

Paul Bowles
Le Scorpion (n° 3)
L'Écho (n° 23)
Un thé sur la montagne (n° 30)

Emily Brontë
Les Hauts de Hurle-Vent (n° 95)

Robert Olen Butler
Un doux parfum d'exil (n° 197)
Étrange Murmure (n° 270)
La Nuit close de Saïgon (n° 296)

Calamity Jane
Lettres à sa fille (n° 232)

Peter Cameron
Week-end (n° 245)

Ethan Canin
L'Empereur de l'air (n° 109)
Blue River (n° 157)

Truman Capote
Un été indien (n° 9)

Willa Cather
Mon ennemi mortel (n° 74)
Une dame perdue (n° 101)
Destins obscurs (n° 117)
La Mort et l'Archevêque (n° 144)
Mon Ántonia (n° 159)
La Maison du professeur (n° 217)
L'Un des nôtres (n° 285)

Gaetano Carlo Chelli
L'Héritage Ferramonti (n° 290)

Fausta Cialente
Les Quatre Filles Wieselberger (n° 10)

Barbara Comyns
Les Infortunes d'Alice (n° 94)

Joseph Conrad
Le Duel (n° 106)

Lettice Cooper
Une journée avec Rhoda (n° 137)
Fenny (n° 264)

Giuseppe Culicchia
Patatras (n° 227)

Silvio D'Arzo
Maison des autres (n° 78)

Robertson Davies
L'Objet du scandale (n° 234)
Le Manticore (n° 260)
Le Monde des Merveilles (n° 280)

Angela Davis-Gardner
Un refuge en ce monde (n° 118)
Felice (n° 203)

Andrea De Carlo
Oiseaux de cage et de volière (n° 178)

Walter de la Mare
L'Amandier (n° 108)
Du fond de l'abîme (n° 141)
À première vue (n° 219)

Daniele Del Giudice
Le Stade de Wimbledon (n° 209)

Erri De Luca
Une fois, un jour (n° 119)
Acide, arc-en-ciel (n° 201)
En haut à gauche (n° 251)

Alfred Döblin
L'Assassinat d'une renoncule (n° 25)

Heimito von Doderer
Un meurtre que tout le monde commet (n° 14)

Michael Dorris
Un radeau jaune sur l'eau bleue (n° 121)

John Meade Falkner
Le Stradivarius perdu (n° 153)

Eva Figes
Lumière (n° 5)

Richard Ford
Rock Springs (n° 220)

Mavis Gallant
Les Quatre Saisons (n° 82)
Voyageurs en souffrance (n° 175)

Whitney Otto
Le Jour du patchwork (n° 184)
Cynthia Ozick
Le Rabbi païen (n° 29)
Grace Paley
Les Petits Riens de la vie (n° 1)
Plus tard le même jour (n° 13)
Énorme changement de dernière minute (n° 163)
Victor Paskov
Ballade pour Georg Henig (n° 33)
Pier Paolo Pasolini
Descriptions de descriptions (n° 168)
Walker Percy
Le Cinéphile (n° 18)
L'Amour parmi les ruines (n° 88)
Les Signes de l'apocalypse (n° 172)
Annie Proulx
Nœuds et dénouement (n° 267)
Barbara Pym
Adam et Cassandra (n° 15)
Secret, très secret (n° 35)
Lorsqu'un matin d'orage (n° 47)
Elisabetta Rasy
La Première Extase (n° 228)
Laura Restrepo
Douce compagnie (n° 293)
Umberto Saba
Couleur du temps (n° 6)
Comme un vieillard qui rêve (n° 17)
Lisa Saint-Aubin de Terán
Les Jours de l'Orénoque (n° 90)
John Saul
Baraka (n° 142)
De si bons Américains (n° 183)
Mort d'un général (n° 216)

Karel Schoeman
En étrange pays (n° 249)

Budd Schulberg
Un homme dans la foule (n° 76)
Le Désenchanté (n° 77)
Le Visage de Hollywood (n° 156)

Carl Seelig
Promenades avec Robert Walser (n° 65)

Carol Shields
Swann (n° 126)
La République de l'amour (n° 160)

Jane Smiley
Portraits d'après nature (n° 148)
L'Exploitation (n° 199)
Un appartement à New York (n° 218)
Moo (n° 277)

Natsumé Sôseki
Oreiller d'herbes (n° 2)
Clair-obscur (n° 22)
Le Voyageur (n° 122)
Le 210e jour (n° 286)

Elizabeth Spencer
Nouvelles du Sud (n° 188)

Tilman Spengler
Le Cerveau de Lénine (n° 151)

Robert Louis Stevenson
Fables (n° 20)
La Magicienne (n° 34)
Olalla (n° 56)

Italo Svevo
Le Destin des souvenirs (n° 12)

Paco Ignacio Taibo II
Le Rendez-vous des héros (n° 204)

Elizabeth Taylor
Angel (n° 41)

Rivages poche /Petite Bibliothèque
Collection dirigée par Lidia Breda

Giorgio Agamben
Stanze (n° 257)

Anonyme chinois
Les Trente-Six Stratagèmes (n° 152)

Apulée
Le Démon de Socrate (n° 110)

Hannah Arendt
Considérations morales (n° 181)
Le Concept d'amour chez Augustin (n° 288)

L'Arétin
Sonnets luxurieux (n° 192)

Aristote
L'Homme de génie et la Mélancolie (n° 39)
Rhétorique-Des passions (n° 40)
Éthique à Eudème (n° 129)
La Vérité des songes (n° 162)

Marc Augé
L'Impossible voyage (n° 214)

Augustin
La vie heureuse (n° 261)

Barbey d'Aurevilly
Du dandysme et de George Brummell (n° 233)

Bruce Benderson
Pour un nouvel art dégénéré (n° 259)

Boèce
Consolation de la philosophie (n° 58)

Georg Büchner
Lenz (n° 244)

Casanova
Mon apprentissage à Paris (n° 252)

Madame du Châtelet
Discours sur le bonheur (n° 221)

Chesterfield
Lettres à son fils (n° 99)

Christine de Suède
Maximes (n° 200)

Tullia d'Aragona
De l'infinité d'amour (n° 210)

Thérèse d'Avila
Le Château intérieur (n° 248)

Madame du Deffand
Lettres à Voltaire (n° 139)

Erri De Luca
Un nuage comme tapis (n° 176)
Rez-de-chaussée (n° 191)

Maître Eckhart
Du détachement (n° 143)

Umberto Eco - Cardinal Martini
Croire en quoi ? (n° 238)

Emerson
La Confiance en soi (n° 310)

Épictète
Manuel (n° 132)

Euripide - Sénèque
Médée (n° 211)

Ennio Flaiano
Journal des erreurs (n° 275)

Sigmund Freud - Stefan Zweig
Correspondance (n° 166)

Witold Gombrowicz
Cours de philosophie en six heures un quart (n° 171)

Baltasar Gracián
L'Art de la prudence (n° 116)

Hésiode
Théogonie, la naissance des dieux (n° 83)

Marina Tsvétaïéva
Après la Russie (n° 89)

Janwillem Van de Wetering
Un éclair d'éternité (n° 278)

Xénophon
L'Économique (n° 145)

Jacques-Gilbert Ymbert
L'Art de faire des dettes (n° 193)

Yogīndu
Lumière de l'Absolu (n° 281)

Achevé d'imprimer sur rotative
par l'Imprimerie Darantiere à Dijon-Quetigny
en avril 2000

Dépôt légal : janvier 2000
N° d'impression : 20-0463